教科書に書かれなかった戦争
PART56

次世代に語りつぐ生体解剖の記憶

元軍医湯浅謙さんの戦後

小林節子［著］
Setsuko Kobayashi

梨の木舎

はじめに

２００９年5月、湯浅謙さんは母校東京慈恵会医科大学の教室で、将来医師と看護師になろうという若い後輩たちに向かって語りかけていた。次のような内容であった。

私は今年92歳になる。日中戦争に軍医として参加し、生きている人間を解剖するという人間として許されない行為をくりかえした。死刑になって当然の人間であったが、中国政府に許されて帰国することができた。しかし許されたと考えたことは今日まで一度もなかった。

私の人生は、戦争によって狂わされたと言えるが、それは受けた教育を疑いもせず、なにが正しいのか深く考えることをしなかった自分にも責任があった。

医学を平和と結びつけて考えてほしい。

いま、自分たちが生きている社会はどのような社会か。また、これからどのような時代になるのか想像することはむずかしい。まさかと思われることが起きるかもしれない。しかし、危険な時代と社会に生きていると感じたら、いち早く行動してほしい。戦争というものがどのようなものか知ることが何よりも重要であると思う。そこから正しい歴史について考えを深めてもらいたい。若い君たちに託します。

いつもおだやかな態度で淡々と語りかける湯浅さんだが、この日はとくに優しさにあふれていた。それでいてどこか安心感をただよわせた表情で、90分の講演を終えた。「自分の恥、日本の恥を話すのはつらいけれど聞いてほしい」という湯浅さんの思いがこめられた話に、学生たちは真剣に耳を傾けていた。自分が医師を志したころと同じ年代の青年たちに向かって、消すことのできない過去を語りつづけた。自分の轍《わだち》を踏んでほしくないと切々と訴える湯浅さんの姿は、子どもたちに遺言を聞いてくれることを願う父親のように見えた。

昼夜を分かたず、貧富の差を厭《いと》うことなく奔走する開業医の父親を目標に、湯浅さん自身も父親のような医師になりたいと考えていた。無医村に行くことさえ考えていた。しかし時代はそれを許さなかった。青年医師は軍医となり、中国に派遣された。そして派遣された中国で、生体解剖という医師として決して許されることのない行為を犯したのだった。湯浅さんがそれを犯罪であったと気づくのは、日本の敗戦後であった。戦犯として収監された永年捕虜収容所（中国河北省）、太原戦犯管理所（中国山西省）で中華人民共和国の戦犯政策を自分の身体で知ってからである。日中戦争中は罪の意識に悩まされることなどなかった。むしろ国のために自分は医師としての使命を果たしていると考えていた。

1945年8月、中国山西省には5万9000名の日本軍（第一軍）将兵が駐留していた。この将兵のうち2600名が山西軍の残留要請に応じ、国民党軍の一翼となって共産党軍と3年半にわたり戦闘をつづけた。

太原で敗戦を迎えた湯浅さんは、国民党政府の要請に応え、軍医としてではなく、民間医師として太原に残る道を自ら選んだ。家族の消息も不明であるし、戦火に荒廃した日本に帰るより軍の言うように、残留が日本の復興に役立つならば中国に残ろう、日本人が太原に残っている限り、医師は必要となる。そう考えた湯浅さんは、日本人だけでなく、中国民衆の信頼も得て医療活動をつづけた。医師として日本人、中国人の区別なく施療しているという自負さえあった。

1949年4月、最後まで抵抗をつづけていた山西省太原が人民解放軍［著者注・1947年、八路軍、新四軍を統合して人民解放軍と改称］によって解放され、日本人将兵および軍属700名が捕虜になった［著者注・1948年7月に300名、49年4月に400名］。このとき、湯浅さんは収監されなかった。新政府の命令を受けて、太原の北に位置する陽泉の省立病院に赴任した。

51年1月、湯浅さんの日中戦争中の行いがあきらかになり、永年捕虜収容所に送られる。しかし、このときも自分が重い罪に問われているとはまだ気づいていない。2

年後、太原の戦犯管理所に収監され、合わせて5年半におよぶ歳月を学習、労働、罪状告白など、自分自身と向き合う苦しい日々を送ることになる。中国政府は、ふたたび他国を侵略し、残忍な行為を犯すことのないように、軍国主義者たちに人間としての心を取りもどすことを求めた。自分が犯した罪を考える時間と施設を用意して、細心の注意をはらいながら過ちに気づくのを待った。この政策に触れてはじめて湯浅さんは自分を取りもどすことができた。

生体解剖という重い罪過を背負い、逃れることのできない罪の意識と闘いながら、湯浅さんは帰国後の長い年月をどのような気持ちで過ごしてきたのだろうか。

湯浅さんには、すでに生体解剖に対する告白・謝罪、戦犯生活そして起訴猶予となって帰国するまでの記録（『消せない記憶・元軍医の告白』吉開那津子著　日中出版　1981年）がある。

私が湯浅さんに出会ったのは、アジア・太平洋全域の民衆から起こされた、戦争責任・戦後補償を求める裁判の法廷であった。閉廷後開かれる被害者と弁護団の報告集会で湯浅さんに会う機会が増えた。そして報告会席上で発言する湯浅さんの姿にふれ、その足跡を知りたいと考えはじめた。

父親を師と考えていた湯浅さんは、なぜ軍医になろうとしたのか、なぜ生体解剖という許されない行為を4年間にわたってくりかえしてしまったのか、赴任した中国山西省とは日本にとってどのような意味を持つ地域だったのか。さまざまな疑問が浮かびあがってきた。

　また、千名余の日本人戦犯が収監されていた１９５１年からの5年間といえば、中華人民共和国にとって、建国（１９４９年10月）から日も浅く、8年にわたる日中戦争、つづく国共内戦によって荒らされた国土の回復に向けて歩みはじめた時期であった。さらに朝鮮戦争（１９５１年〜53年休戦）への支援が重なった。その困難な年月のなかで、中国の民衆は戦争犯罪者が自らの過ちに気づき、再生するのを援けた。ひとりの戦犯も処刑することなく、罪の重い45名を除き、起訴猶予処分にして帰国させた。世界中の人びとから奇蹟と呼ばれたこの事業がなぜ実現できたのか。くわしく知りたいと考えた私は、起訴猶予となって帰国を許された人びとが結成した、中国帰還者連絡会（略称中帰連）をたずねた。そこで、三尾豊さん、金子安次さん、土屋芳雄さん、湯浅謙さん、稲葉績《いさお》さんたち中帰連会員をはじめとして、元日本人反戦兵士、解放軍兵士など多くの関係者に出会えた。インタビューをかさねながら、歴史的な事実を探りはじめた。

　中華人民共和国建国後、撫順、太原ふたつの戦犯管理所で千名余の戦犯を覚醒に導いた中国政府の戦犯管理政策とはどのようなものだったのか。さかのぼって、日中戦争下、国民党軍、共産党軍双方が採った捕虜政策とはどのようなものだったのか。資料、研究書を読みすすむうちに、捕虜政策の根底にながれていた思想と戦犯政策とのつながりにたどりついた。

それはまた、私たちの国の戦争責任、戦後責任を考えることでもあった。医師であり軍人であった湯浅さんが語りつづける、中国人生体解剖への深い悔恨と被害者への謝罪には、他国に侵攻し、人命を奪う戦争を二度と許してはならないという強い願いがこめられている。

全国で600回を越える講演会、テレビ・ビデオ映像への出演も100回をかさねている湯浅さんを、ご存知の方はたくさんいらっしゃると思う。語られた重い内容を思いかえしていただけることを願っている。

小林節子

二〇一〇年六月

山西省概略図

(日本の敗戦1945年 8 月当時)

山西省の位置

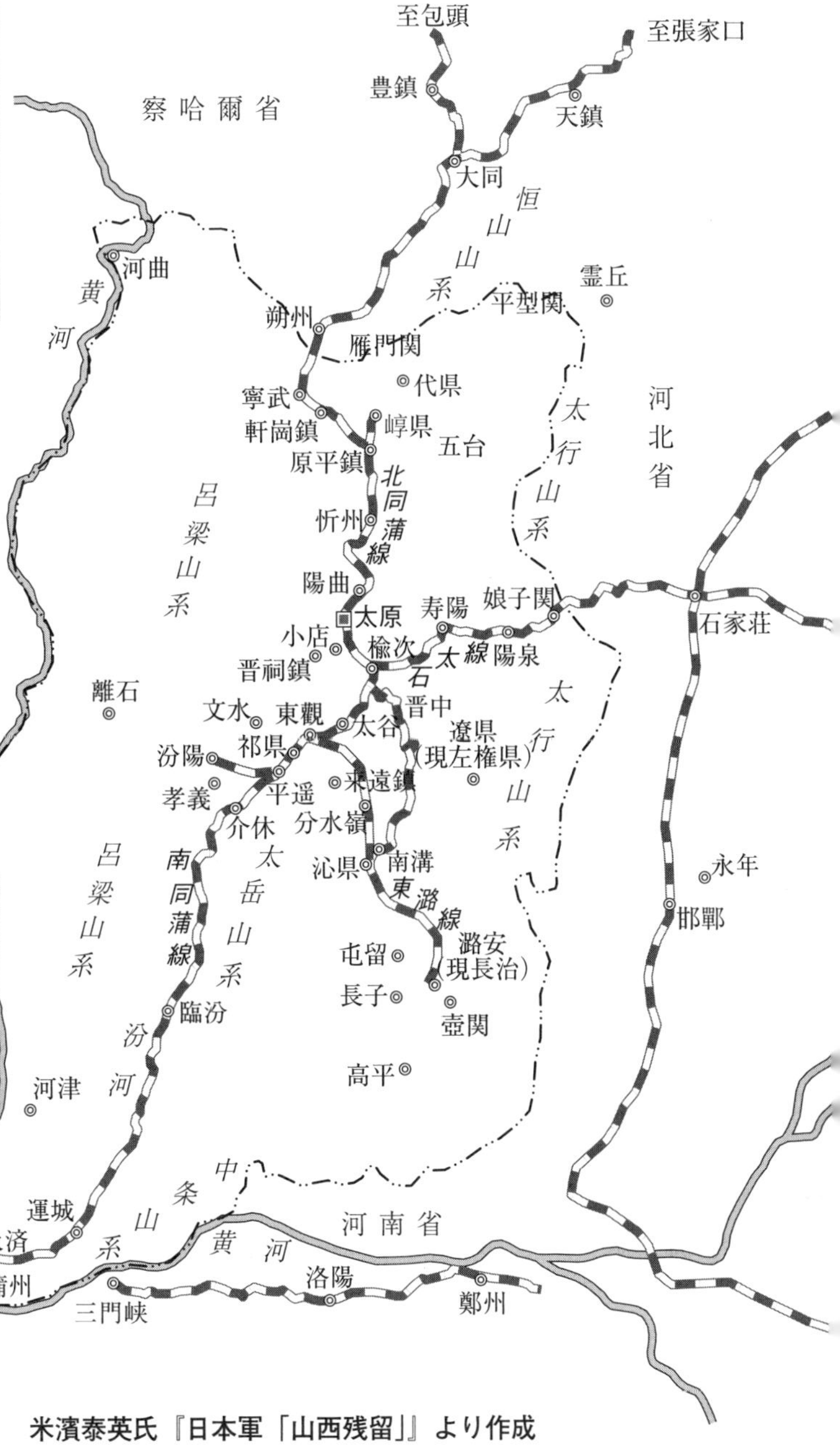

米濱泰英氏『日本軍「山西残留」』より作成

目次

5 帰国、そして医療活動再開

1 湯浅謙さんの証言

医学を志す青年たちへ

「はじめに」でふれた、東京慈恵会医科大学における講演の内容を少しくわしく紹介しながら、生体解剖にいたる湯浅さんの歩みを追っていきたい。

私は今年（２００９年）92歳になります。戦後、中国から帰りまして、ここ（慈恵会医科大学）の第三病院にしばらく勤務したことがあります。懐かしい場所です。

多数の後輩を前に話す機会を与えてくださったことに感謝いたします。皆さんがこの学校に入学され、医学を学ぶことにまずお祝いを言います。しかし無条件で喜ぶことはできないでしょう。これから医療過誤など経験するかもしれないのです。私の場合は15年戦争に参加したことで戦争に翻弄された前半生を送ることになったのです。

国の政策に振り回され、転変きわまりない人生であったと思います。自分と同じ轍を踏まない人生を選んでほしい、心からそう思います。

日本政府、それに追従するジャーナリズムも、戦争中に日本人の犯した犯罪をひた隠しにしようとしています。誤った歴史認識を植えつけようと必死です。私は自分の体験を含め、戦争の真実を語り、警告したいと思います。

日本人の誰もが生まれたときから他民族への差別意識を持っていたわけではあ

りませんし、排他的な考えなど持っていません。でも、小学校に入学する以前に、母親から日本人は天皇を戴く優秀民族だと言い聞かされて育ちました。学校教育では教育勅語の朗誦がくりかえされ、ご真影の拝礼も祝祭日には必ず行われました。私も教育勅語にそった立派な人間になる決意でした。

皆さんに伺います。皆さんの人生の目的は何ですか。それぞれあることでしょう。

私たちの時代、目的は〝天皇のために戦争に行く〟、これを全身に打ちこまれていたのです。オウム真理教がニュースとして騒がれたとき、家永三郎さんが戦前の日本国民もマインドコントロールされていたという表現を使いました。まったくそのとおりだと思います。日本は神国である、戦争は絶対勝つ、疑問を持てば即〝非国民〟、批判的なことは一切口にできないようにマインドコントロールされていたのです。

治安維持法がありました。初めは共産主義者、社会主義者が検束されました。後には自由主義者までこの法律によってものが言えなくされたのです。今は憲法によって個人の自由は保障されています。幸せです。しかし、現実にはこれも非常に危険なものになってきました。勉強してほしいと思います。そうしないとひどい目にあいますよ。過去を振り返らなければ現在の動きは理解できません。

私は医者だった父親の背中を見て育ちました。ですから自分も医者になる道を選びました。今の九段高校に入学します。昔は第一東京市立中学といいました。靖国神社の隣にあります。登下校のたびに帽子を脱ぎ、靖国神社に向かって最敬礼です。「天皇のお召しがあれば、勇躍国のために働く」、そう誓っていました。

世の中の動きを深く考えませんでした。医者になれば恵まれた生活が保障される。中国との戦争は、自国の領土を増やすための戦争だと思ったのです。軍国主義思想に全身浸っていた。

日本は国土が狭い、人口は多い。国土を拡張する以外方法はない、そう国民に信じこませて戦争は始められたのです。当時農村は窮乏に喘いでいました。都市には失業者が溢れていました。日本の貧困を解決するためにはやむを得ない、ですから他国への侵略は当然だ、と多くの人は考えてしまったのです。

政府、軍部は国民が抵抗することのできないスローガンを作り出しました。「満蒙はわが国の生命線だ、命綱だ」、「日貨を排撃する支那人を膺懲せよ」。国民の多くが賛成したのです。反対すればただちに弾圧されますから、声に出せなかった。自由が失われ、良心的な先生方の口がふさがれていった。後は戦争一色になりました。

日中戦争は正義の戦いだ、日本はアジアの盟主になるのだと信じこんでいました。実際は軍隊を使って中国の資源を収奪するのが目的です。後で知ることになるのですが、中国ではそんな日本軍を〝日本の武装強盗が押し寄せた〟と言っていました。

私も、日本の負傷兵を治療して前線に返す、兵士は隊に帰ればふたたび中国の国土で活躍する、それが自分の任務だと考えて疑わなかった。本科1年のとき、小林多喜二の『蟹工船』を読みました。時代を反映した作品でした。軍隊は民衆を弾圧する側に立つことを知っていたのに、世の中の奥を見ていなかったのだと思います。

1941年医大を卒業しました。軍医になれば戦地で伝染病を診る必要があると考え、駒込病院へ行きました。当時、駒込病院は伝染病患者の隔離病院でした。召集が避けられないのであれば、2年間だけの短期軍医になろうと志願したのです。北海道の旭川第28連隊に入隊し、2カ月の訓練の後、将校に昇進しました。

当時は天皇を頂点として、皇族、華族、官僚・軍人と、人間の格差がありました。軍人の間にも格差がありました。自分は医者だ、軍医だ、特権階級だ、自分は選ばれた身分なのだという意識がありました。郷土の恥、家の恥を考えれば、自殺の自由もない兵士たちの苦しみに考えがおよばなかったのです。

12月8日の日米開戦の報を聞いても、「英米との戦いに勝利するぞ」、そんな意識でした。戦争の真実を新聞は書きません。反対すれば治安維持法に引っかけられ、拘束されてしまう。軍部に都合のよいことだけが報道される、今問題になっている沖縄の集団自決に関する教科書問題がいい例です。認識が違うということを許さない社会は恐ろしい社会です。

1942年2月、軍医中尉として、中国に赴任しました。途中で目にした子どもたちの貧しさに心が揺れました。それを日本が戦争に勝てば解決できると置き換えていました。同乗した中国人に対しても、「敗戦国民なのに1等車に乗っている。生意気だ」、そんな考えだったのです。

潞安陸軍病院に着任しました。病院内では軍医は絶対の権力を持っていました。負傷した兵士たちは回復すれば前線に返されます。それを判断するのは軍医である自分の権限でした。私は得意でした。民族差別に気を留めることもありませんでした。

従軍慰安婦のいる場所へも行きました。朝鮮の女性が多かったのですが、まさか強制的に連行されてきたとは思ってもみませんでした。商売で来ている、そんな認識しか当時の私は持っていなかったのです。恥ずかしいです。

私が赴任して1カ月半が経った3月半ば、肌寒い日でした。いまでも忘れることはできません。「ちょっとお前ら下がっておれ」と将校食堂から雑役夫を下げさせた病院長から、「今日は午後1時から手術演習をやる」と言い渡されました。「手術演習」とは、師団付軍医が前線で緊急手術ができるように、技術習得のために軍が計画的に実施するものです。日本軍は国内から大量の医師を動員しましたが、それでも外科軍医は不足していたのです。広大な中国大陸の戦線は泥沼に

潞安陸軍病院にて。最前列中央が湯浅謙さん

陥っており、傷病兵を後方へ護送することも難しくなっていました。第一線の前線で緊急手術のできる外科技術を必要としていました。「材料」は生身の健康な中国人捕虜、四人と聞かされていました。憲兵隊や警備隊に要求すれば連れて来ました。

学生時代、戦地から帰ってきた先輩軍医から、中国戦線で生体実験が行なわれていることは聞いていましたが、そのときは非人道的行為だとは考えていなかった。しかし自分が行なうとなると動揺しました。「今日は生きた人間をそのまま実験材料にする。軍医である以上避けることはできない」と自分に言いきかせ、10分ほど遅れて解剖室に入るのが精一杯の抵抗でした。同時に心の中では「皆の前で臆病なふるまいは絶対にするな」と自分を励ましていたのです。

湯浅さんはこの場面を証言するたびに苦し

そうに深いため息をつく。師団軍医部長、病院長、指導に当たる病院外科軍医、衛生兵数名、それに加えて教育参加の隊付き軍医7、8名、看護婦2名と、合わせて20名近い日本人が中国人ふたりを生体解剖する場面である。湯浅さんの終生忘れえぬ記憶となる最初の生体解剖の告白が静かにはじめられた。大きな教室が緊張に包まれるのがわかった。

12坪ほどの解剖室には2名の中国人が両手を繋がれて立っていました。ひとりは八路軍の兵士と思われる若い男、覚悟していたのか落ち着いていました。もうひとりは農民風の年配の男でしたが、「アイヤー、アイヤー」と悲しそうな声をあげていました。当然です。これから自分の身に何が起こるのかまわりを見ればわかります。看護婦に促されても手術台に上がろうとしません。私はよいところを見せようとして、自分の前まで後ずさりしてきた男を両手で前へ押し出したのです。

周りの軍医たちは何事もないかのように談笑していました。いやだ、気の毒だと思っても態度にあらわすことができないのが天皇制軍隊だったのです。

やがて病院長の指示で生体手術演習が始められました。どうしても手術台に上がろうとしない男に、看護婦が「麻薬給不痛、睡覚」(麻酔薬を打つから痛くない、横になりなさい)と促しました。男はあきらめたように台に上がりました。

すると看護婦は私たち新米の軍医に向かって「どうです、うまいものでしょう」というように舌を出して見せたのです。

手術は部隊付きの軍医によって、腰椎麻酔、全身麻酔の後、虫垂切除、腸管縫合、四肢切断、気管切開等が行われました。私たち病院付き軍医は介助の任務でしたが、私は手術をためしたい欲望にかられて自ら気管切開を行いました。ほとばしる血を見ながら満足感に浸りました。

私は戦争に勝つためにはこれは必要なのだ、国のためになることをしているのだと自分に言い聞かせ、普段と変わりないように装いました。これが前線での負傷兵の救急手術を行うための訓練とはいえ、家を離れてまだ1カ月半しか経っていない私が犯した最初の戦争犯罪です。

中国戦線は、報道されていたようには勝ってはいませんでした。軍医はますます必要になっていました。その後、私はこの病院で5回、10名の生体手術演習にかかわったのです。初回は気味の悪さがありましたが、2回目は平気になり、それ以降は自分から積極的に行うようになっていったのです。

もうひとつ、太原の監獄でふたりの男を生体実験したことを話さなければなりません。

1942年の春、太原市の第1軍司令部に山西省各地の陸軍病院、野戦病院から軍医ばかり40名ほどが集められました。内科外科の講義が終わったとき、軍医部長が「今日はよいことをさせてやる」と私たちを太原監獄に連れて行きました。そこには目隠しされ、後ろ手に縛られたふたりの男が座っていました。突然ふたりの看守が現れて、「やりますか」と声をかけ、拳銃を男たちに向け2発ずつ腹部に発射しました。悲鳴を上げ苦しむ男を担ぎ別室に運び、腹部の銃弾を抜く手術演習をしました。軍医10名で中国人ひとりを犠牲にしてしまった。野戦病院から来ていた軍医が「こんなことは前線では日常茶飯事だ」とつぶやいたのを聞き、山西省全域で生体解剖が行われていることを知りました。疑わしいとにらまれた中国人は連行され、拷問にかけられ、その始末にこうした実験に使われていたんですね。

南京侵攻作戦でも捕虜の処置については同じことが行われたと聞きました。多くの捕虜が出ました。しかし日本軍は自分たちの食料の補給もままならない。「現地調達せよ」とは住民から食料を奪ってこいということです。したがって「殺してしまえ」。これが軍の本音でしたでしょう。

45年になって間もなく、北京方面軍から「戦況は思わしくない、いっそう演習に励め」と通達が病院長宛に送られてきたのを見て、山西省だけで行われているのではないことを知りました。私は手術演習の回数を増やす計画を立てましたが、幸いなことにこの計画は部隊の大移動のため、実行されないうちに敗戦になりました。

華北の30カ所近い陸軍病院で同じことが行われていたのですから、それにかかわった医療人員は3000名に上ったはずです。だが、誰も告白しない。なぜだと思いますか。みんな忘れているんです。信じられないでしょう。国のため、自分は良いことをした、罪悪感を抱くことなく気楽な気持ちだった。だから印象に残っていないのです。

戦争の真実を語らないといつか同じ道を歩くことになる、だからみなさんに聞いてもらう、私の毎日はこのくりかえしです。

『蟻の兵隊』［著者注・中国山西省日本軍残留問題を描いたドキュメンタリー映画。監督池谷薫］という映画が評判になっています。日本の敗戦が決まったのちに、国民党軍（山西軍閥・閻錫山軍）に参加し、共産党軍と3年半戦った日本兵の話です。

軍の強制もあったが、私のように自分から望んで残った者もいました。残留した2700名の日本兵のうち、将兵600名を越す戦死者を出し、800名ぐらいが捕虜となりました。私は軍から離れて、在留邦人と中国人のちがいを問わない民間の医師として働いていましたから、ただちに捕虜になることはありませんでした。しかし、新政府の命令で山西省立の病院に派遣され、治療と後進の指導に当たっていたとき、捕虜収容所行きを命じられました。

私はそれを日本に帰るための集合と考えていましたが、先に収容されていた捕虜たちが、自分のしてきたことを告白しているのを見て愕然としました。はじめてそこが自分の罪行を告白するための収容所だったことに気がつきました。何で自分がここに送られたのか、反省するための捕虜収容所だったのです。私もひととおり告白文を書きました。しかしそれは、犯した罪は命令によるもので、自分の意志ではない、その程度の認識でした。

告白文は戦犯管理所内で「坦白」といわれ、いつ、どこで、どのようなことをしたのか反省も含めて書いて提出します。

中国人指導者から「弁解しながら書いても何もならないぞ」と言われながらも、つき返されることはありませんでした。

告白文を受け取ってくれた係官の態度は、「君たちは自分から望んで中国にきたわけではない、国の強制によるものだと理解している。帝国主義思想を捨てたら帰国を許されるだろう」というものでした。それを聞いて私は感動しました。覚醒する転機でした。そして次第に日中戦争が無謀な侵略戦争であったと気づきました。なぜそのことに戦争中に気がつかなかったのか、自分の不明を悔んだしだいです。

私たちの時代には軍国主義という言葉はなかった。軍国主義社会にいる者は自分たちを軍国主義者と考えない。国家権力からの解放は黙っていては決して与えられるものではない、ということを忘れないでいただきたい。

北朝鮮を非難する報道が、日本の守りを言い立てる材料にされる。いつも危険をはらんでいます。皆さんが軍医として召集される日がくるかもわかりません。今の憲法に守られている幸せを忘れないでいただきたい。

湯浅さんは講演の最後に731部隊［著者注・正式には関東軍防疫給水部。石井部隊とも呼ばれるが、これは隊長石井四郎の名による通称］を例にとり、日本の医学者の戦争犯罪を挙げた。戦後明らかにされたこの石井部隊が細菌戦のために行った人体実験は犠牲者が3000名に及ぶこと、細菌の撒布によってどのくらいの人が犠牲になったか想像することは不可能であることを指摘した。東京新宿区にあった陸軍軍医学校跡地から発掘された人骨問題にも触れ、人骨移送は731部隊と軍中央の医学者の協同作業であったことなど、医療に携わる者の戦争責任の大きさを指摘した。

また、蒙古派遣軍が人体実験・凍傷実験を行っていた事実にもふれて、その犠牲者を慰霊するために建てた碑に、「犠牲者の死は名誉ある犠牲である」と記されている事実を指摘した（27頁の資料参照）。侵略戦争はすべて身勝手な考え方で共通している。敗戦後、日本国内ではこのような残虐な行為の追及は一度もされず、被害者への謝罪も表明されていないと結んだ。

講演後、ひとりの受講生から、「日本は戦争をする必要があったのか」と質問が出された。

湯浅さんは、戦後、連合国による占領政策の下で、地主制度の廃止、教育改革などの民主化が行われたこと、かつての植民地が独立したこと、資源の略奪がなくても日本は復興できたことをあげ、戦争を主導したのは軍部だったが、それは財閥や一部の大地主の利益を護るためではなかったかと答えた。

後日、湯浅さんのもとに届けられた感想文に受講生たちは書いている。「自分たちには戦争の体験はないが、湯浅さんが胸の中にあるものを伝えようとする必死の姿に感銘を受け、今後、人命を預かる職業を選んだ者として今日の話を忘れないようにする」、「貴重な話を聞いた。自分たちだけでなくもっと多くの人が聞くべきだと思う」、「高齢を押して平和の大切さを伝えつづける湯浅さんの思いを大切にしたい」

湯浅さんとの出会い

1995年、私は中帰連の事務所をたずねて、元関東軍憲兵三尾豊さん（1998年逝去）へのインタビューをつづけていた。同じころ、アジア各国から起こされていた、戦争責任を追及する裁判の傍聴に熱心に通っていた湯浅さんに出会った。日本軍について知識を持たなかった私は、三尾さんや湯浅さんに多くを学んだ。

1958年2月、中国山東省から北海道の炭鉱に強制連行された劉連仁さんが「発見」されたニュースは、日本中を驚かせた。日本の敗色が濃くなった1944年の暮、劉連仁さんは多くの仲間とともに炭鉱に連行された。過酷な労働にくわえて、飢えに苦しみ、友人数名と相談のうえ脱走した。北海道の荒野を13年間もさまよった末、よ

其ノ三ノ4

附表第十一　弔　辭

惟時皇紀二六〇一年二月八日

研究班生體ノ靈ニ告ク

御身等ハ生國生年月日ハ異レトモ東亞ノ一角中華民國ニ生ヲ受ケ不幸ニシテ誤レル思想行動ヲナシ蔣介石ノ走狗トナリ公明正大ノ正義ノ皇軍ニ不利ナル對敵行動ヲナスニ至ル

捕エラレテ獄舎ニアリ死刑ヲ宣告セラル

時ニ當研究班編成セラレ内蒙古ノ地ニ皇軍幾百萬ノ否全世界人類ノタメ醫學術研究ヲ擔當ス

御身等ハ選ハレテ既定ノ死ヲ尊キ研究實驗ニ捧ケ本日終焉ス

其ノ世界人類ニ貢獻セル所大ナリ

以テ冥スヘシ

茲ニ祭壇ヲ設ケ靈ヲ慰ム

在天ノ靈來リ饗ケヨ

二月八日　研究班長　谷村少佐

資料「極秘　駐蒙軍冬季衛生研究成績　昭和16年3月　冬季衛生研究班」より

うやく発見されたのだった。

その劉連仁さん［著者注・原告である劉連仁さんが２００９年９月死亡したために、裁判は親族、子息劉煥新さんが継承した］が日本国を被告として賠償を求める控訴審で、東京高裁が控訴棄却を言い渡した日（２００５年6月23日）、湯浅さんは傍聴席で身じろぎもせず正面を睨むように見つめたまま、しばらく席を立とうとしなかった。

退席しようとする裁判官にむかい、傍聴席から「不当判決だ」という声が飛んだ。1審に続き、誰もが勝訴を確信していた裁判だった。閉廷後、弁護士会館で行われる報告会にも出席しようとせず、湯浅さんはひとり日比谷公園に向かい、横断歩道を足早に渡っていった。

いつもの私なら声をかけ、後を追ったと思うが、その日の湯浅さんの後ろ姿には人を拒むような強い意志が感じられた。私は踵《きびす》をかえして報告会に向かった。しばらくして、湯浅さんが心臓を悪くして、手術のために入院したことを知った。

生い立ち

湯浅さんは１９１６年（大正５）埼玉県で開業医を営む湯浅家の次男として生まれた。まもなく父親が東京・京橋に移り開業したため、記憶は東京から始まっている。恵まれた開業医の家庭に育ったお坊ちゃんで、他人と争うことをきらう気の弱い子供だった。

明正小学校（中央区）に入学した夏の日（1923年9月1日）、関東大震災に遭った。大きな揺れに階段を駆け下りて外に出たとたん隣家の屋根が崩れ、その下敷きになる。気がつくと眼窩に電線がつき刺さる大怪我をしたが、父親の応急処置で失明はまぬがれた。その後、迫る大火のなかを逃げのび、九死に一生を得る。

この体験を語るとき、湯浅さんは母親から受けた影響の大きさを語る。母親は日頃から朝鮮人、中国人に対する差別意識を湯浅さんたち兄弟に話していた。「朝鮮人が攻めてくる、飲み水に毒を入れた」など、流されたデマによって多くの朝鮮人、中国人が自警団に殺され、日本の社会主義者も殺害された。湯浅さんは押入れのなかで恐ろしさに震えていたという。大人の偏見が幼い子どもに与える責任の重さを湯浅さんは語らずにいられなかった。

湯浅さんは恵まれた階層に属していた。学校も家庭も湯浅さんを育む温室の役目をはたし、その優しさに包まれて成長したと言える。湯浅さんの言葉によれば、それは〝小市民的自由の中で理念としてのファシズムを抵抗なく受け入れてしまう〟状態でもあった。しかし、湯浅さんが恵まれた中学校生活を送っていた頃、日本は帝国主義国家実現に向けて大きく舵を切っていた。

1928年6月、関東軍は中国東北軍閥・張作霖の謀殺を実行した。同じ月、国内では緊急勅令で治安維持法が改正・施行され、国家体制に敵対するものに対し取締りを強化した。28、29年とつづいた大量検挙によって共産党は、活動が不可能となるほど徹底的に追い込まれている。

検挙・弾圧はしだいに自由主義者や文化人にまでおよび、政策を批判する声は封殺される。民衆の生活はすべて統制され、閉塞状態に置かれた。事実を歪めた報道を信じこみ、戦争拡大のニュースに歓喜し、旗を振って声援を送った。無謀な侵略戦争の拡大を憂える声は、占領地拡大を喜ぶ民衆の声にかき消されていた。

やがて湯浅さんは父親と同じ医師になることが自己の道であり、社会に貢献することになると考え、医大進学をきめた。

１９３４年（昭和９）、東京慈恵会医科大学に合格する。受験者２２００名のうち合格者は１６０名、現役で入学を認められた少数派のひとりだった。

日本全体が軍国主義化を強める時代であったが、医大の空気は比較的自由だったという。水泳部で活躍し、友人と囲碁を楽しむ青年であった。

１９４１年の春、25歳になった湯浅さんは慈恵会医科大学を卒業して東京駒込病院の内科医になった。医局で研究をつづける友人が多いなかで、湯浅さんは入隊が避けられないならば、その前に医師として一人前になっておきたい、やがて戦地に赴くことになれば伝染病の研究が役に立つだろうと考え、真剣に取りくんだ。

同じ年の６月、徴兵検査を受けたが特別の感慨はなかった。結果は第一乙種合格だった。担当の係官は軍医になることを強く勧めた。

中国への侵略が拡大するなかで、湯浅さんは多くの医師と同様に、２年間の現役勤務ですむ短期現役軍医を志願した。軍隊内で初年兵が経験する辛く苦しい生活は聞いていた。いずれ安楽な社会的に認められた職を得ることが目的の志願であったから、迷わず将校になる道を選んだ。

慈恵医大と北海道大学医学部を卒業した者は旭川に入隊する規定があり、2カ月間の教育を受けて速成の軍医になる。

入隊したばかりの湯浅さんたちは毎日数人ずつ連隊長と食事をともにし、軍隊での作法を教えられた。将校集会所ではノモンハン事件で戦闘に参加した軍医から、「日本軍人は決して捕虜になってはならない。捕らえられる前に自決しなければならない。もし敵軍との空中戦に遭遇したら、じっと地面に座っているのが一番安全な方法である」など、戦場で生きのこる方法を教育されたという。

入隊して間もない頃、軍隊生活の厳しさを身をもって体験する。ある日、自分の上履きが見当たらなくなった。そのことを週番下士官に告げるとまもなくひとりの補充兵のベッドの下から見つかった。そのときその兵士に加えられた制裁の激しさを見て、制止せずにはいられなかった。以後何がなくなっても届けなかったという。

ある日、教官から「東条英機が首相、陸相、内相、軍需相を兼任することになったから、これからはどんどん強力なことができるようになる」と聞かされ、背筋が寒くなるのを覚えたと語った。この年（１９４１年）の12月8日、太平洋戦争が勃発する。湯浅さんたちは集合させられ、日本海軍が真珠湾を奇襲し、米英と交戦状態に入ったことを知らされる。いよいよ来るものが来たと感じていた。国中が緒戦の勝利報道に酔ったように沸きかえっていた。

年が改まった1942年（昭和17年）1月10日、湯浅さんは中国山西省にある潞安陸軍病院への赴任命令を受け取った。22日に門司に集合するまでに慈恵医大や駒込病院、友人への挨拶をすませると、家族に見送られて出発した。誰も「死ぬなよ」とは言わなかった。「元気でやって来いよ」、「無理をするなよ」が「死ぬなよ」を意味していた時代であった。戦闘帽に軍刀という軍人のいでたちで東京駅から列車に乗った。声を嗄らしてただ「万歳、万歳」と叫びつづけている以外にはなにも言わない父親の姿を眼に焼きつけて湯浅さんは中国へ向かった。

軍医誕生、中国潞安陸軍病院へ

1月23日、一般の乗客が一緒の客船に乗り、中国塘沽《タンクー》港に向かい門司から出航しました。4日後、船は茶色の水を切って港に近づきました。

中国で最初に目にしたのは波止場で働く苦力《クーリー》と呼ばれる人たちの敏捷な姿でした。天津市内を自動車で案内してもらいましたが、運転手が中国人であったことに驚きました。中国人はあらゆる面で日本人より劣っている、団結心に欠ける、仕事は怠ける、そう教えられ、話を聞いたまま鵜呑みにしていたので、意外な感じがしました。

北京に着いて停車場司令部［著者注・赴任先に到着した兵士が配属先を確認し、荷物を受け取るための司令部］から兵站旅館を指定されると、別便で送った荷物が届くまでの時間を利用して北京市内を見物しました。遊覧バスに乗り故宮や天壇公園を観て歩きました。北海公園では子供たちがアイススケートに興じる姿もあり、どこに戦争があるのかと思わせるのどかな光景がそこにはありました。その時は、自分が同じ中国でその後の長い人生を苦しみつづけることになる犯罪が待ちうけているなど、夢にも考えていませんでした。

私は単身、夜行の正太線（石家荘〜太原間）に乗り太原に向かいました。1等車の乗客は身なりのきちんとした中国人ばかりでした。敗戦国の中国人が1等車に乗るなど生意気だと考えながら、日本人として威厳を示そうと緊張していました。

列車は荒涼とした黄土高原を走り、車窓から見る山野にはほとんど樹木はなく、冬枯れの山肌をさらして果てしなくつづきます。その風景を私は飽きずに見入っていました。

24時間走りつづけて山西省の省都太原に着きました。太原は軍閥・閻錫山の居城で、周囲を城壁に囲まれ、古くから資源に恵まれた豊かな街でした。日本軍に早くから占領されていたせいでしょう、ひどく荒廃していると感じました。

潞安へは、太原から東潞線（東観〜潞安間）に乗り換えてさらに12時間かかります。私を含めて5名の軍医が交代要員として着任し、前任者と引継ぎをすませました。

朝、目が覚めれば当番兵が洗面の湯を持ってきます。食事は軍医だけで、ときには病院長を囲んでとります。特権階級のひとりになった気がしました。

病院長は大学卒業後軍医学校を卒業した本職の軍医でしたが、専門の外科だけでなく、何科でもこなすのに感心しました。初対面の挨拶がすむと軍医としての心構え、実務、院内の法規や伝染病規則、病床日記の書き方など教育されました。その教育がおわり、私は伝染病棟付、病理検査室付の軍医として勤務することになりました。

このあと語られる、はじめて経験した生体解剖の光景が、湯浅さんにとってどれほど忘れえぬ記憶であるのか、いまも手術用器具の触れあう音が脳裏から離れない、と苦しそうにつぶやく。

手術演習が開始される前、湯浅さんは先輩軍医に「この人たちはどんな悪いことをしたのですか」と訊ねた。先輩軍医はこともなげに答えた。「パーロは皆殺すさ」。パーロとは八路軍兵士を指す。

姓名はもちろん出身地がどこなのか、家族はいるか、何をして連行されたのか、なにひとつ知ることはなかった。湯浅さんがはじめて経験する生体解剖の犠牲者は、

「憲兵隊からもらい受けた」だけのふたりにすぎなかった。

1時間半ほどで手術演習は終了しました。部隊付の軍医と看護婦たちは引き上げ、後始末は私たち新米軍医と衛生兵の仕事でした。農民風の男はすでに絶命していましたが、若い男のほうはまだ呼吸がありました。病院長が心臓内注射を試みたのですが、呼吸は停止しません。衛生兵に教えられて私は全身麻酔に使ったクロールエチール液5ccを静脈に注射しはじめたところ、半分ほどですぐに呼吸は停止したのです。

材料と呼ばれた練習体は衛生兵が運び出し、解剖室から少し離れた場所に掘られた穴に埋められた。その穴の付近は何回も掘り返されて、数知れない練習体が埋められていた。

陸軍病院の任務には傷病兵の治療に加えて、衛生兵の教育があった。湯浅さんは初年衛生兵教育も受け持っていた。

あるとき、初年衛生兵の解剖学教育に、「内地から来たばかりの初年兵には度胸をつけるためにも実物がよい」と、湯浅さんの発案で憲兵隊からひとりの捕虜をもらい受け、胸腹部を切開し、内臓を一同に見せたこともあったと証言した。また手術演習後、病院長の指示で脳の皮質を剥ぎ取って、アルコール瓶に詰めて内地に送ったこともあった。製薬会社で皮質ホルモンの研究に使うと聞いていた。これらすべてが日本のためになると敢えて行ったと湯浅さんは証言している。

母校の後輩たちに語った証言を、私はほかの集会でも聞いてきた。自分が行った生体解剖の場面を語るたびに、自ら手にかけてしまった中国人犠牲者の顔、動作、表情を思いだし、息苦しくなる。支えを失った家族の嘆き悲しむ姿が眼前に浮かんで消えないのだと言う。

湯浅さんが「衛生兵教育に生体を使った」という証言を確認したいと考えた私は、手術演習に参加していた元衛生兵のひとりを山梨県に訪ねた。

元衛生兵古屋利雄さんの証言（2008年2月17日、山梨市内のお宅でインタビュー）

古屋さんは大正9年（1920年）の生まれで、現在山梨市にお住まいである。18歳の時、車掌としてJRの前身である国鉄に就職した。昭和18年4月、24歳の時、第二乙種、第一補充兵として召集された。当時世田谷にあった東京第二陸軍病院へ集合を命じられ、最初に北支（中国華北）要員として病院に配置されることを言い渡されていた。集められた全員が衛生兵として召集されていた。

品川駅から乗った列車の窓は、すべてよろい戸でふさがれていた。門司で関釜連絡船に乗り換え、朝鮮に渡った。日本海の制海権も失われつつあって、航行は駆逐艦の護衛つきであった。山梨県から30名、現役の若い人が大半であったが、召集兵のなかには妻帯者もふくまれていた。北京から太原を経て潞安に向かった。配属先は194兵站病院と聞いていた。そこが潞安陸軍病院であった。

古屋さんは、潞安陸軍病院で初年兵教育を受けたとき、生体を使った実験を見学した、と静かに語りはじめた。

部隊長の名前は酒井満という軍医だった。潞安陸軍病院は、学校を接収して病院にしたもので、校舎を病棟、将校宿舎、兵舎などに使っていた。湯浅先生（古屋さんは湯浅さんを今も先生と呼ぶ）は副官で、内科の医師であり、庶務主任を兼務する庶務係の責任者だった。古屋さんは湯浅さんの下で、庶務係として約3年勤務した。敗戦時には衛生兵長に昇格している。

潞安陸軍病院には伝染病棟、特別病棟（内科）、外科病棟、歯科があり、医師が10名ほど、婦長が2名、ほかに看護婦、衛生兵など100名ほどがそれぞれの科を担当していた。本部、庶務係は病気治療にはあまり関係しなかった。

古屋さんは記憶をたどりながら、病院の配置図を描いてくれた。生体解剖が行われた解剖室や霊安室の場所を図に書き入れた。解剖室の周囲に穴を掘り、実験材を埋めるのは衛生兵の仕事であったことを苦しそうに話した。日本軍兵士が死亡した場合は、火葬にするために衛生兵たちは大きな荷車で薪を集めた。煉瓦で作られた焼却炉で遺骨にし、遺骨は各部隊へ持ち返られた。

湯浅さんが衛生兵の訓練に生体を使ったと証言した場面にはなかなかいきつかなかった。湯浅さんが健在で、証言や謝罪の旅をつづけていることに気をつかわれたのかもしれない。それでもようやく重い口を開いてくれた。


憲兵隊員がひとりの中国人を連れてきました。部屋のなかには陸軍の偉い人が10名ぐらいいて、打ち合わせをしていました。

先生は手術の時、麻酔をかけて行ったと証言していますが、私の記憶では麻酔はかけていなかったように思います。20名ほどの衛生初年兵が手術台を取りまいて、湯浅先生の説明を聞いていたが、腹部が切り開かれ、頭蓋骨がはずされ、脳が現れたとき、仲間のひとりが卒倒したんです。


ここまで話して、古屋さんは1枚の新聞のコピーを持ってきてくれた。産経新聞の特集で、「戦後60年・元兵士が語る「大東亜戦争」の真相」とあった（2005年12月10日付）。ここで語られていたのは、古屋さんと同じ山梨県出身の元衛生兵の証言であった。

「実は誰にも話していないことがあるんです。ええ、家族にもです」と、初年兵教育で受けた生体解剖のようすを語りはじめている。古屋さんのいた潞安から北東にあたる河北省石家荘にあった陸軍病院での体験記である。古屋さん自身が語ることをためらった、生体解剖の実態を読みとってほしいのだと私は理解した。以下、この記事を原文のまま転載させてもらう。

教育生200名ほどが中央の手術台を囲むように座り、軍医の執刀を見つめました。

連れてこられた捕虜はすでに観念したようで、さほど抵抗する素振りは見せませんでしたが、たばこを差し出された時には、何かを叫び、つばをはきました。見ていた者は息をのむばかりでした。

手術台にくくりつけられた捕虜。全身麻酔をかけられ体は弓なりに。麻酔が効いてぐったりなったところで、軍医はおもむろにメスを入れはじめました。「これが尺骨、大腿骨」。体を切り開きながらの解説です。胸骨を割くと、心臓や肺が動いていました。軍医は心臓を手のひらに乗せメスで指しながら、これが動脈、こちらが静脈と説明。さらに頭蓋骨の皿をはずして大脳、中脳、小脳を取り出して見せました。

「これから包帯術を覚えてもらう」、軍医の大きな声が部屋中に響きました。教育生の名前が呼ばれましたが、応ずる者はありません。「貴様ら、意気地がないぞ。どれだけの仲間が殺されたと思っているのか」と一段と大きな声を張り上げました。それでも皆、しりごみするばかりでした。助手が包帯をして教育は終了しました。

打ち上げに、ようかん、お汁粉、うどんが振る舞われました。戦地では、めったにありつけないごちそうです。しかし、あまりの衝撃にだれも手をつけようとしませんでした。（以下略）

生体を使った手術演習が、他の陸軍病院でも日常的に行われていたことを証明する文章である。その時の気持ちを聞くと、古屋さんは、「生きた人間を実験に使うことは許されないだろうと思った。しかしそれを口にすることはできなかった。教育を受けた衛生兵は部隊付の衛生兵として各部隊とともに転戦している。その現実を考えれば、この演習は必要なのだと自分に言いきかせた」と語った。

庶務主任としての湯浅先生と生体解剖する先生とが、古屋さんのなかでどうしても一致しなかった。今もなぜという疑問は残っているという。

古屋さんは１９４６年4月、山西省から一番早く帰国している。潞安から貨車で天津まで運ばれ、20日間ほど留まった後帰国し、元の職場に復帰できた。

１９８０年、湯浅さんの発案で関係者15名による潞安へ謝罪の旅が実現した。古屋さんも参加し、潞安陸軍病院跡を訪ねている。病院はふたたび学校に戻り、学生たちの声が聞こえた。校門脇にあった狛犬が同じ場所に残っていたのが印象的だったと語った。

中国側のたぶん地位の高い人が案内してくれたのだと思うが、すべて私たちのしたことを知っていると感じました。

今考えて、よく中国は過去のことを許してくれたと思う。寛大な態度で、天津から引き揚げる際にも何も問題は起きなかった。中国人を偉大だと思いました。お国のために命を落とすのなら、弾丸に当たって死にたかっただろうと思う。それなのに生きたまま殺されたことはどんなに残念だったことか。本当に悪いことをしたと心からお詫びしなければならないと思う。

古屋さんも消せない記憶を抱え、長い戦後を生きていた。

犠牲者の母親からの手紙

ふたたび湯浅さんの証言に戻りたい。

収監されてから5年がすぎたころ、もしかしたら許されて帰国できるかもしれないという希望を抱いた。そんな時、指導員から1通の告発文を見せられた。湯浅さんが心から改心する契機となった犠牲者の母親からの訴えだった。

「湯浅よ、私はおまえに生体解剖されて殺された息子の母親だ。あの日、息子は憲兵隊に捕まった。私は見ていたのだ。突然門が開き、おまえがトラックでうちの息子を連れて行った。私は追いかけた。追いかけたけれども見失ってしまった。どこに連れて行かれたのかと心配していたが、友だちが教えてくれた。あなたの息子は陸軍病院に連れて行かれて生きたまま切られたのだと。おまえが厳罰に処されることを願っている」

私にはこのおばあさんの姿が眼に浮かぶんですよ。黒い服で、纏足で、ものも言わず立っていたんだ。それまではまだ心の隅で人を殺したことは悪かった、でもそれは仕方のないことだったという思いがありました。被害者の家族の苦しみまで反省がおよばなかった。口先ばかりの謝罪だったと気づいたのはそのときでした。申し訳なかったという気持ちで一杯になりました。被害者の苦しみが少しずつわかってきました。

生体解剖に立ち会った軍医、看護婦たちが、事実を「忘れて思い出さない」ことをくりかえし訴える思いには、何が秘められているのだろうか。

山西省各地から集められた軍医が、太原監獄で行った手術演習のようすを語りながら、そのうちのひとりが、「こんなこと、前線ではいつもやっている」とつぶやくのを聞いた。湯浅さんはその時、はじめて生体解剖が潞安陸軍病院だけでなく、日本軍が占領した中国全土で行われていることを知った。

中国戦線で、関与した軍医、衛生兵、看護婦はおそらく数千名に上ることでしょう。だが誰もこの事実を語ろうとはしません。なぜでしょうか。意外と思われるでしょうが、「忘れて思い出さない」のです。「仕方がなかった」、「当時は命令されて」、「皆がやっていた」、「だからたいしたことではなかった」。まったく罪の意識に悩むこともなく実行したために、罪を犯したという意識を持っていないのです。私も敗戦後に中国で、人民解放軍の捕虜収容所でやっと犯行を思い出したのです。

自分自身を悪人と認める行為は辛い試練でした。収容中に自殺を図った者もいました。私が自分自身の行為を心から認識できるようになったのは、戦犯管理所の係官から、私が生体手術演習して殺した方の母親からの手紙を読まされたのがきっかけでした。

社会に有用な人間になることを目指して医学の道を選んだ湯浅さんが、なぜ生体解剖という医師として許されない行為を繰りかえしてしまったのだろうか。本来、医療にたずさわる者は人の健康と命を守り、たとえ命令であっても人に危害を加えることは禁じられている。

「特権階級になったような気がした」という湯浅さんの言葉には、軍医である自分は権威者であり、特権階級だという思いが含まれていた。自己の栄達をすべてに優先させる軍隊組織の中では、生体解剖は功績になっても権威を傷つける行為だとは考えなかった。すべて国家の要請にもとづいて行った愛国的行為だから反省など必要はない。少なくとも湯浅さんはその考えを戦犯管理所に収容されるまで持ちつづけていた。

しかし、「生体解剖を一緒に行った医師、看護婦、兵たちは、罪の意識を持つことはなかった。国のためにいいことをしたと思っていた。だからみな忘れている。このことが問題なのだ」という湯浅さんの証言に、私は疑問を感じている。

生体解剖は、忘れて思い出さないですませることができるような、罪の意識を持たないで行える行為だったのだろうか。

記憶にないということは、自分のなかに汚点として残る記憶を故意に消しさりたいと考えた場合、あるいは周囲の状況が自分の意思にかかわりなく、同じ行動を要求した場合など、記憶に残らないことは充分にありうる。しかし、生体解剖は、罪のない一般市民が含まれていることに気づきながら、これは捕虜だ、生殺与奪の権は日本軍にある、と考えてくりかえされた犯罪である。修練を積んだ医師が、生体解剖が国際条約（ジュネーブ協定*）に違反する行為であることを知らなかったとは考えられない。

***ジュネーブ協定**（「俘虜の待遇に関する1929年7月27日の条約」）：1929年（昭和4）

7月、「俘虜の待遇に関するジュネーブ条約」全8章、97カ条が調印された。条約はハーグ陸戦規則（1907年署名、1910年発効）の精神をさらに推し進め、捕虜の労役の禁止を含め人道的待遇の徹底を細部にわたって規定したもの。日本政府は同条約に調印したが、軍部が「帝国軍人の観念よりすれば俘虜たることは予期せざる」ものと強硬に反発したため、批准には至らなかった。（山田朗論文「日本軍の捕虜観」『日中戦争下中国における日本人の反戦活動』藤原彰・姫田光義編著　青木書店　1999年）

生体解剖は、帰還兵たちが語る「手柄話」と同列視することは許されない重大な犯罪行為である。自分の行為が犯罪であることを充分意識していた。だからこそ故意に忘れたことにする以外、沈黙を守りつづける口実がなかった。生体解剖の実態が長いあいだ明らかにされてこなかった理由のひとつがここにあると私は考えている。

戦後の日本社会は医療関係者だけでなく、帰還兵一人ひとりに戦場で経験した加害の事実を消せない記憶として封印するよう迫る状況を作ってきた。

戦後間もなく開かれた極東国際軍事裁判（東京裁判）で、満州事変の真相や731部隊の真実の姿など、日本軍の犯罪が次々に明らかにされた。しかし、私たちは自らの戦争犯罪を追及し、加害の事実に向き合うことを避けつづけた。逆に、加害の事実を沈黙という闇に追いやり、戦争を肯定する風潮を助長してきた。被害の大きさは声高に叫んでも、加害の事実に耳を傾ける努力を怠ってきた。

1990年代、日本国の戦争責任を追及する訴訟がアジアの人々からあいついで起こされた。私たちは、被害者が突きつける事実に、あらためて自国の兵士の加害行為を知らされた。それは、帰還した兵士が抱える戦場での消せない記憶に寄りそう姿勢を持たなかった私たちが負わなければならない責務であった。

生体解剖だけではない。たとえ戦争終了から何年過ぎようと、すべての戦争犯罪を自らの手で追及し、反省に役立てることを抜きにして、アジア各国の民衆と向かいあい、和解を求めることは許されない。湯浅さんの証言が私に問いかけるのもこのことである。

湯浅さんが医大を卒業し医師となった1940年前後は、すでに日本全体が国民総動員体制に組みこまれ、将来を自らの意思で選択することが許される状況にはなかった。湯浅さんにかぎらず、この時代を生きた人びとの誰もが国家の桎梏から逃れることは不可能であった。

中国戦線は泥沼化の様相を示し、間もなく開始された太平洋戦争にも大量の兵士が送り出されていた。軍医学校出身の軍医だけでは、増え続ける傷病兵に対処することは困難な状況が出現していた。

湯浅さんは2年間と限定して短期軍医を志願した。志願とは名ばかりで、ほかの選択を許さない、強制された志願であった。たとえ強制された志願であっても、それは湯浅さん自身が医師として軍事行動に応ずることの意思表示であり、医師として研鑽してきた技術を国のために役立てることを誓約する儀式であった。当然軍人としての拘束を受けることを承諾したことになる。

志願であれ、現役、召集であれ、ひとたび国家の軍事戦略に軍人として参加すると意思を示せば、いかなる任務であろうと拒否することは許されない。軍国主義軍隊はこの鉄則に従うことで栄達が約束されていた。湯浅さんはこの鉄則に抵抗なく組みこまれ、優越意識、選民意識に支えられて、罪の意識を持つことなく生体解剖をくりかえした。指導的立場になった湯浅さんは自らすすんで新任軍医の外科技術習得のために、計画・実行し、6回にわたり10名の生体解剖にかかわっていく。

湯浅さんの証言の核心部分を占める、はじめて経験する生体解剖の場面は、初年兵の誰もが経験した、人間を鬼に変えるための刺突訓練、将校の試し切りなどと同じく、新任軍医の度胸試しであった。陸軍病院という軍事機密に守られた場所で、度胸試しがくりかえし行われていた事実を湯浅さんは明らかにした。

2　生体解剖の告発——中国側の資料から

医療にたずさわる人びとは、人の命を守るために全力を尽くす使命を託されている。社会から託された任務が重要だからこそ、特別な権限を持つことが許されているし、尊敬も受ける。本来、人命を最優先する立場にある医師が、ひとたび国家の意思・目的に動員されるとき、人間の尊厳を奪い、生命の抹消も許される権限を与えられることを私たちは湯浅さんの証言で見てきた。

平和な時代にもハンセン病者、精神障がい者、遺伝性身体疾患者たちに対して、強制隔離や断種手術が行われていた事実は、優生保護に名を借りた人権侵害であった。なかでも医師集団による最大の組織的犯罪が関東軍防疫給水部（通称731部隊）による人体実験である。中国の各地域で極秘裏に行われていた人体実験、生体解剖の罪行は、どれほど糾明されても終わらせることはできない。

3000名を超える犠牲者をだした731部隊の人体実験・生体解剖の実態は、多くの研究書によって次第に明らかにされつつある。しかし旧満州国以外の地域で行われた生体解剖、生体実験については、いまだに明らかにされていない部分も多い。

犠牲者の数において731部隊によるものよりはるかに超えると推察されながら、その実態について明らかにされていない問題が、陸軍病院、野戦病院での生体実験である。

陸軍病院、野戦病院は、敗戦までに日本軍が占領した中国10省、東南アジア各地に配置されていた。これらの機関で行われていた犯罪については、たずさわった医療関係者の沈黙から、犠牲者の数さえ把握されないままに今日まで放置されている。

陸軍病院にかぎらず、日本軍は占領地で物資の運搬、雑役などに現地の人たちを使役に狩り出していた。生体解剖がどれほど秘密裏に行われたと言っても、厳重な警護、異常な雰囲気を察知し、同胞の受難を気づかう中国人の存在を意識する日本人はいなかったのだろうか。

自国を戦勝国と思い込んで行われた日本軍の犯罪行為は、やがて新しく建国された中国政府、民衆によって明らかにされ、裁かれた。

中国中央档案館・中国第二歴史档案館・吉林省社会科学院編『証言・生体解剖　旧日本軍の戦争犯罪』（江田憲治・児嶋俊郎・古川万太郎訳　同文舘　1991年）は、新中国建国後、中国政府によって太原、撫順戦犯管理所に拘留された、日本人戦犯の供述書の中から、生体解剖に関連する証言の一部を抽出編集したものである。戦犯たちの自供書に加えて、犠牲者の遺族、目撃者など、日本軍の犯罪を告発する中国側の証言も多数収録されている。

日本人戦犯が提出した供述書のなかから、侵略軍の罪行を網羅しつくしたような告白文をまず紹介したいと思う。

嶋貫倉蔵自筆供述書（1954年7月20日、撫順戦犯管理所内で供述）
1938年5月初旬、当時、私は関東軍第6国境守備隊歩兵第1大隊第1中隊

の上等兵であった。歩兵隊本部（当時の隊長は田辺大佐）は抗日連軍愛国者約50名を監禁しており、彼らを強制的に酷使して侵略陣地を築かせたが、その侵略陣地のことを暴露されるのを恐れて、夜間にこれらの人びとが寝静まったところに火を放ち、焼き殺した。そのとき私は殺害現場に行って死体を目撃したが、少しも苦しんだ様子がなく、まるでそこに眠っているかのようで、放火で殺害したようには見えなかった。帰隊してから中島軍曹が中隊の庭で私たち8人に語ったところでは、「まず毒薬で殺してから火をかけたのだ」ということで、中島は私たちにこれを他人に話すのを禁じ、もし話せば重い処罰を受けるだろうといった。

（前掲『証言・生体解剖』１２５頁）

次に紹介する証言は、日本軍が山西省潞安を占領中の１９４１年3月当時、潞安陸軍病院西村慶次部隊の病理室で雑役夫をしていた郭成則ほか5名が、１９５４年8月10日に告発したものである。湯浅さんが潞安陸軍病院に着任していた期間にあたる証言である。

遺族郭成則等による種村文三告発資料（１９５４年8月10日告発）

告訴および告発人の郭成則、黄招狗、裴瑞生、馬合盛、劉蘭、馬狗孩らは、日本軍（原文：日寇）が潞安を占領中、１９４１年3月、潞安陸軍病院西村慶次部隊の病理室で雑役夫をしていた。

1941年10月および42年旧暦10月2日に目撃したところによると、郭金富、黄有成、裴胖狗（全員南街の人）および長治城外の4名（うち1人は長治県貰掌村に住む40数歳）のあわせて7名が、前後2回にわけ憲兵隊から連れてこられた。みな頭髪を剃られ、石炭酸を入れた冷水で行水をさせられたのち、病院長西村自らが外科科長松田、副科長種村文三を指図し、7名を病院裏の密室に連行し、何回かに分けて解剖手術をおこない生命を奪った。

また1941年11月、城北趙窪村の徴用中の老人と少年の二人が病院の玄関先で缶詰の缶をいくつか拾ったのを外科科長の松田にみつかり、その場で二人は捕らえられ、病院内で縛ってつるされ、12時には病院裏へ運ばれ惨殺された。数十日後、死体を土中から掘りだし、老人の頭部を切りとり、薬品で皮と肉を除いて、頭骨を院長西村の室内にかざった。事実はたしかなものであり、ここに告発する。

（前掲『証言・生体解剖』72頁）

次の証言は中国東北部（旧満州）で行われた生体解剖を、最も近い場所から見ていた人の告発である。医科大学という閉された場所で行われた犯罪を、中国人がどのように見ていたのかを知ることのできる数少ない証言のひとつである。長い引用になるが、紹介したい。

●張丕卿の告発——「日本帝国主義者による残虐な罪行の一部を証明する」（1954年6月29日証言）

私は張丕卿といい、現在、瀋陽の中国医科大学解剖研究室で技官をしている。1932年に満州医科大学の解剖室で実験手《ボーイ》となり、1945年の祖国光復にいたった。はじめは日本人のために掃除をするほか、使い走り（日本人が授業をするとき標本を運び、終了後かたづけるなど）もした。それ以降、祖国の光復までは清掃以外に死体を固定させる仕事（ある種の薬品を死体に注入し腐乱を防ぐ）や骨格標本を制作する仕事に従事していた。

この期間中、1942年秋から43年春にかけて、日本人は5回前後きわめて残酷な生体解剖をおこなった。解剖前、当時の劉学棋実験手（現在わが校の組織研究室の技官）が日本人のためにガラス瓶を準備・洗浄し、解剖したあとは、私と劉学棋、さらに西村××という日本人の4人ばかり《ママ》で、一緒に解剖を終えた死体の残骸をかたづけ、ボイラー室に運んで焼却したり埋葬する仕事をしていた。このため、日本帝国主義者の人間性のかけらもない極めて残酷な生体解剖の血生臭い罪行は、ある程度理解している。自分の見聞した以下の事実を告発する。

1942年晩秋から43年春にかけて、満州医科大学解剖室において前後5回くらいの生体解剖がおこなわれた。被害者数は私の知るところでは25人ほどで、1

回は3人、1回は7人、1回は12人、それ以外の2回は2人から3人、すべて男性で年齢は30歳から40歳ぐらいであった。そのうち私の知るところでは朝鮮人1名、ドイツ籍の者1名、ロシア人5から6名、残りはすべて中国人であった。これらの情況は解剖《ママ》［引用者・解放？］以後に知ったことで、当時の日本帝国主義者の規制は厳重で、生前の姓名、職業、住所などは中国人の知りうることではなかった。

　私の知るところでは、これらの被害者は夜間に日本の憲兵隊によって学校に護送されてきて、その夜のうちに解剖に附された。このとき解剖室の周囲は、すべて日本の憲兵が厳しい警戒をしていた。これらの被害者が日本の憲兵によってどこから学校へ連れてこられたかは、私にはわからない。日本人によれば「役所から送りこまれてきた」（おそらく日本の憲兵隊から送られてきたらしい）［原文ママ］ということだ。解剖はすべて日本人によっておこなわれ、解剖学教授の鈴木真吉が技術指導をし、照井××（日本人）と助手西村××、坂東××らが解剖にあたった。解剖の目的は、生体の脳、脊髄、内臓、筋肉、皮膚などを取りだして、よりすぐれた組織切片をつくり研究しようというものであった。

　こうした情況は、解剖の終わったのちに知りえたことである。日本人は、解剖後はいつもそのままの状態で帰ってしまうため、一切のあとかたづけは翌日出勤後、私や劉学棋、西村××らがおこなった。そのとき私の眼に映ったのは、被害者は頭部がのこぎりで切り開かれ大脳を摘出され、背部中央にものこぎりで深い溝がつき、脊髄は取りだされ、胸腔も腹腔も開いて心臓、肝臓、脾臓、肺、腎臓、腸もすべて研究材料として一部を切りとられており、両眼さえもえぐり出されて、全身のうち一ヶ所として完全な部分がなくなったありさまだった。死体の上、解剖台上、床のいたるところその跡も生々しく鮮血（鮮紅色）がしたたり、皮膚の色も硬さも生きている人間と変わるところがなかった（これらは死体解剖には見られないことである）。

　こうした情況の凄惨さは、まさに見るに耐えないものだった。当時、私たちは日本人にたずねることができなかったが、内心では生きた人間が解剖されたにちがいないと疑っていた。あるとき私が日本人西村××にきくと、彼は「この連中はみんな役所から送りこまれてきた。来たときには泥酔しており意識のない状態だった……」と語った。私は以上のような確かな事実にもとづいて、日本帝国主義者の残虐な罪行の一部を証明する。

　このほか私の知るところでは、当時学生が実習につかった死体はすべて奉天の監獄から楊×山という老人が送りこんでいた（同人はすでに死亡している）。

　１９４３年から45年の光復まで、２００から３００の死体が運ばれ（そのうちの一部はまだ名簿が現存している）、大部分が男性で、約10体ほど《ママ》女性のものがあり、全体のなかに2、3体絞殺死体が混ざっていた（頸部に絞溝があることがその証拠である）。これらの死体は全部、学生の解剖実習に使用された。
以上のことはすべて私自身が見聞したことであり、私はこれらの事実をもって日本帝国主義の残虐な罪行を告発せんと望むものである。

（前掲『証言・生体解剖』19頁）

●告発人張丕卿に対する審問記録（1954年11月13日審問）

「満州国」矯正総局長中井久二〔著者注・撫順戦犯管理所収監、刑期18年〕の所属した奉天（現瀋陽）監獄が、拘禁し虐待死亡させたいわゆる犯人の死体を「満州国」奉天満州医科大学に送り、解剖実験がおこなわれた罪行を明らかにするために、瀋陽市人民政府李永浦は、1954年11月13日、告発人張丕卿を尋問した。

張丕卿の自称によれば、今年45歳、職業は中国医科大学解剖研究室技官、住所は瀋陽市南市区9緯路西口北自強里2号である。

問：「満州国」時代、奉天満州医科大学が奉天監獄の「犯人」の死体を解剖した経過・情況について述べてもらいたい。

答：私は1932年に、偽《ママ》満州医科大学の解剖研究室で実験手となり、「8・15」の祖国光復まで、ここを離れたことがない。そのため私は、これらのことをじつにはっきりと記憶している。当時、学生が実習に用いる死体はすべて、奉天監獄から楊という老人によって送りこまれてきた（同人はすでに死亡している)。1943年から45年の光復までのあいだに、200から300の死体が運ばれ、そのうちの一部分はまだ名簿が現存している。ほとんどが男性で、約10体ほど女性のものがあり、全体のなかで2、3体は絞殺死体だった(頸部に絞溝があることがその証拠である)。これ以外に1942年秋から43年春にかけて、奉天満州医科大学の日本人医師は前後5回、およそ25人もの人びとにたいして生体解剖をおこなっている。生体解剖の事実については、私と劉学棋、および日本人西村らが、翌日解剖室のかたづけをしたさいに発見した血の跡が死体解剖の場合と異なっていたこと、また西村が「この連中は役所が送ってきた」と述べたことから判断できる。私の知るところ、生体解剖は夜間におこなわれ、日本の憲兵が厳しい警戒をおこなっていたため、中国人はそのなかの秘密を知るべくもなかった。

問：生体解剖の被害者はどこから送りこまれてきたか、知っているか。

答：いま、当時の日本憲兵の厳戒情況と西村のもらした言葉から分析してみると、おそらく日本憲兵隊からであろう。

問：話したことはすべて事実か。もし虚偽の点があれば、法律的責任を負うことになるが。

答：すべて事実であり、私は完全に責任を負う。

(前掲『証言・生体解剖』23頁)

●中国医科大学の証明（１９５４年11月13日）

張丕卿は本学解剖研究室技官で、「満州国」時代、奉天満州医科大学に13年の長きにわたって在職していた。瀋陽解放後も本学にとどまっている。そのため「満州国」時代、奉天満州医科大学が奉天監獄の送りこんできた「犯人」の死体を解剖した情況について、彼は熟知している。現在、本学が保存している奉天満州医科大学の「犯人」死体解剖の原簿がこれを完全に証明できる。

原簿の記載によると、１９４２年から45年８月15日までに、あわせて２３１名の日本・満州国［著者注・原文は「敵偽」である］によって監禁・死亡させられた死体が解剖された。以上誤りのない事実であることを証明する。

（前掲『証言・生体解剖』24頁）

元「満州国」司法部司法矯正総局長・中井久二の供述書にもとづいて、中国検察側が行った事実調査の一端を『証言・生体解剖』から紹介した。中国各省の档案館には証言、告発文のほかに、日本軍が退却する際放置した大量の文書が整理されて残されている。私はその一部を吉林省档案館で閲覧を許されたことがある。

張丕卿の告発にあるような残酷な人権侵害を医師たちはなぜ平然と行い得たのだろうか。また生体実験、生体解剖はどのような動機から、いつ始められたのだろうか。

生体解剖が行われた背景――陸軍軍医学校

その疑問を解きたいと考え、まず手にしたのは前掲『証言・生体解剖』のほかに、撫順、太原両戦犯管理所に収監された戦犯たちが、帰国後発表した2冊であった。(『侵略・中国における日本戦犯の告白』中国帰還者連絡会編　光文社　1958年、『侵略―従軍兵士の証言』日本青年出版社　1970年)。

戦犯たちの赤裸々な告白の衝撃は大きかった。なにより、生体実験にかかわった経験を持つ数人の手記「太行の麓をしのんで」、「特移扱」などには、眼を覆いたくなるような衝撃を受けた。また、元陸軍軍医大尉石田新作の著『悪魔の日本軍医』(山手書房　1982年)から、軍医がどのような契機から大量に養成され、いつ頃から生体解剖が始められていたのか知ることができた。

莇《あざみ》昭三医師の研究論文『15年戦争中の日本軍の軍陣での「生体解剖・生体実験」』(『15年戦争と日本の医学医療研究会誌』第6巻第1号　2006年)と著書『戦争と医療　医師たちの15年戦争』(かもがわ出版　2000年)の2冊からは、医師と戦争の関係について多くの示唆を得た。生体解剖、生体実験に関連する資料(一次資料、二次資料)を駆使して分析しており、医師・医学者のあり方、特に戦争における倫理について、未来まで問う貴重な研究である。以下では、上掲の各書、研究成果に頼りながら、私なりに生体解剖を考えていきたい。

日本軍軍医は、15年戦争中、中国をはじめ東南アジア各地で生体解剖が行われているのを知っていた。それが国際条約違反（捕虜虐待の罪）であることもはっきりと認識していた。日本敗戦に際し、記録をすべて焼却して撤退していることから、容易に推察できる。残された記録の少ないことは、関係者の沈黙と合わせて、生体解剖の実態が明らかにされてこなかったもう一つの大きな理由である。

731部隊は、関東軍によって特別軍事地域に指定された土地に細菌戦のためにつくられた極秘部隊である。そこで行われていた人体実験・生体解剖の記録は、「研究の成果」として極秘裏に国内に持ち帰られていた。膨大な記録は戦後、731部隊関係者の免罪と引き換えに占領軍・アメリカの手に渡り、細菌戦の研究は継続された。

現在私たちが石井部隊の犯罪行為を知ることができるのは、研究者、ジャーナリスト、平和市民団体などのたゆみない努力の積み重ねによる。それは他国に悲惨な犠牲を強い、自国民に永久に拭い去ることのできない烙印を押した行為を、「消せない記憶」として語りつごうとする人々の営為にほかならない。

軍の作戦にともない、陸軍病院や兵站線とともに移動する野戦病院で行われた生体解剖は、「研究の成果」を目的にしたものではなかった。あくまで前線で緊急に必要とされる外科技術の習得を目的に行われたものであった。個々の医師の興味から解剖種目が加えられたことはあっても、「研究の成果」が国内に持ち帰られた形跡を探すことはむずかしい。

蒟昭三医師が「軍陣での記録の作成と保管は不確実であり、記録そのものの存在も疑わしい」と語っているのは、右の理由からである。

しかし、細菌戦を目的にした研究であれ、戦場で必要とされた外科技術の習得が目的であれ、犠牲者の命の重さに変わりない。貴い犠牲のうえにもたらされた成果が、戦後日本の医療政策、技術の進歩につながっているのも事実である。その恩恵によって生命をつないできた日本人として、加害の事実に向き合い、明らかにすることが犠牲者に対する謝罪につながるのではないか。そう考えた私は、生体解剖に限らず、戦場で行われた犯罪の背景を知る必要があると考えた。

くりかえしになるが、生体解剖を語るとき、石井四郎と731部隊の所業を抜きにして語ることはできない。

1920年、京都帝国大学医学部を卒業して陸軍に入った石井四郎は、在学中から細菌学研究に特別な関心を持っていた。第一次世界大戦の教訓によって国際的に禁止された生物兵器、化学兵器が強力な兵器であることに着目していた。1930年、陸軍省の許可を得ずに単身ヨーロッパへ視察旅行に出た。真相は後の陸軍省軍務局長・永田鉄山の指示による隠密行動であったと石井本人が明らかにしている。（森村誠一著『悪魔の飽食』197頁）

2年後（1931年・昭6）、帰国した石井は、軍医少佐に昇進すると同時に陸軍軍医学校の教官となり、細菌兵器の研究、生産を開始した。

この軍医学校で石井の特別講義を受講し、軍医となった石田新作は前掲の著書『悪魔の日本軍医』のなかで、石井の講義に魅せられた医学生の大半が興奮状態に陥り、石井の下で細菌戦に従事するよう号令をかけられたらその場で応じかねない雰囲気であった。この軍医学校こそ731部隊の本家であり、ハルビン郊外に移した実験室で、多数の捕虜の生体実験を行ったのは少しも不思議ではない、と書いている。

また1931年（昭和6）以降、軍医学校で養成された軍医は3000名をくだらない。その全員が731部隊の所業を知っていた。しかし、事実に口を閉ざしているのはなぜかと問い、戦争の抑止力となるのは、人類の過去を通して戦争というものの本質をえぐり出すことであり、説得力を持つのは自身の体験を語り継ぐことだと語っている。（前掲『悪魔の日本軍医』14頁）

湯浅さんは軍医学校で養成された軍医ではない。短期志願の軍医であった。2カ月の訓練を受けた後、中国に派遣された。戦場で最も必要とされたのは将兵の負傷に即応できる外科技術であった。しかし、軍医全員が外科手術に習熟しているとはかぎらなかった。召集された医師のなかには、内科医、小児科医、産婦人科医なども含まれていた。新任軍医の手術演習がくりかえし必要とされた理由はここにあった。では、なぜ軍医以外の医師が大量に戦場に派遣されるようになったのだろうか。

軍医大量送出の背景と医学の軍事化

莇昭三医師の『戦争と医療』によれば、1936年（昭和11）に開催された第20回日本医師会総会の席上で、日本医師会会長が次のように発言したとある。

「独逸医師団体は独逸国民の健康、子孫および種族の保持向上を図り以て国民並びに国家の福祉に挺身貢献するを以てその使命となす（1936年4月に実施）」というドイツ・ナチス医師法の目的の項を引いて、「日本の医師会も今後は国家のために挺身貢献することが第一の使命である」

そして、翌1937年の総会では、「戦時体制化の非常時局に対する宣言・決議」を採択し、「医師として国策遂行に寄与する覚悟を固めること」を決議している。この決議は、日中戦争勃発と同時に結成された「国民精神総動員中央連盟」の呼びかけに応じたものであった。

1940年には陸軍軍医局長が、国防医学講習会の開催を強要した。「一朝有事の際は、軍は多数の開業医家諸君を煩わさなければならないが、諸君には十分な活動を為し得る準備ありや、むしろ不十分なるを認むる。軍人医学乃至国防医学をも学ぶべき喫緊事に迫られつつある」

ただちに陸軍軍医学校を会場にして催涙ガス、ホスゲン、イペリット、ルイサイトなどの毒ガスの実地講習が実施されている。同年8月に開かれた総会では、「全国7万の医人歩武［著者注・距離の短い歩み］を整斉して新政治体制の確立に協力の実を挙げ以て奉公の誠を効《しる》さむことを期す」の決議文を採択した。

１９３７年10月、「陸軍軍医予備員令」によって「医師免許を有するものは軍医予備員たることを志願できる」と、軍医の召集が予告されている。15〜75日間「入営」すれば、将来徴兵された場合、軍医として待遇されることが決められた。「予備員令」が布告されると、各医師会に軍医予備員への応募が呼びかけられ、やがて医師たちは次第にそれに応じて、一時的に軍隊に入隊しはじめた。

さらに翌38年４月、「国家総動員法」が公布されると、医師や看護婦をいつでも召集、徴用に駆りだせるように、「医療関係者職業能力申告」が強制された。41年12月には、この「能力申告書」にもとづいて「医療関係者徴用令」が布告され、医師も例外なく戦地や軍関係病院に召集・徴用されはじめた。（前掲『戦争と医療』57頁）

湯浅さんが短期軍医を志願したのは、このように国家による医療関係者に対する統制が一段と強まり、医師会もまた軍の要請にそって声明をエスカレートさせていった時代であった。さらに戦火が東南アジアに拡げられると、できるかぎり早く兵役を済ませて、本来の医療活動にもどりたい、青年医師の多くがそう考えたのは当然であった。

生体解剖、人体実験の行われた時期

『証言・生体解剖』によれば、最も早い人体実験の例として、１９３３年４月に、中国東北部、熱河省で車に左足をひかれた中国人の足を切断する手術を行っている。不《マ》具《マ》者にしたという告白（生死についての言及はない）があるが、この文には、あらかじめ殺意を持って手術にあたったとは書かれていない。治癒目的の手術であったとも考えられる。

　本格的な生体実験、人体実験は、やはり日本軍・満州731部隊にはじまる。生物・化学兵器研究は、「満州国」建国の翌年（1933年）、ハルビンから70㎞離れた中国黒龍江省五常県の背蔭河に建設した細菌工場ではじめられた。

「侵華日軍第731部隊罪証陳列館」元館長・韓暁さんの著書『731部隊の犯罪』（山辺悠喜子訳　三一新書　1993年）は、「満州国」建国直後から組織的に人体実験が行われていた事実を次のように紹介している。

> 関東軍が満州事変を契機に中国東北部を占領してから二年目の1933年、日本陸軍は石井四郎に細菌工場の建設を命じた。石井が目をつけたのは省都ハルビンに近い五常県の背蔭河であった。当時、背蔭河は拉浜線（拉法～ハルビン間）の開通にともなってできた静かな街であった。
>
> 日本軍は背蔭河駅付近の住民を強制的に移住させ、関東軍防疫給水部の名に隠れて、731部隊の前身、加茂部隊を建設した。731部隊がハルビン市、平房に移転する前の細菌工場であった。1934年、一年をかけて工場は完成した。

建物の威容から周辺の人々は、ここを工場管理者・中馬大尉の名をとって、中馬城と呼んだ。日本軍は中馬城を中心にして周囲25万平方メートルを禁区とし、中国人が近づくことを禁じた。背蔭河駅を通過する列車は窓のカーテンを下ろし、外をうかがうことを許さない厳重な警戒ぶりであったという。

中馬城がなにをするところなのか、外の人は誰も内部の状況をうかがい知ることはできなかった。

（『731部隊の犯罪』77頁）

この細菌工場の軍秘密工作に参加を命じられた元憲兵渡辺泰長は、『侵略』（前掲、33頁）のなかで、「生地獄防疫給水部の仮称にかくれて」と題して、次のように告白している。

命令を受け、出発する直前に上司から、新しい任務は極秘任務であり、憲兵を辞めてからも、口外すればいつでも軍法会議で厳罰に処されるときつく申し渡しがあった。任地は囚人を拘束する監獄と聞いていた。囚人はハルビン方面から貨車で運ばれてきた。実際には周囲を高さ3mの塀で囲み、高圧電流鉄条網が張りめぐらされた殺人工場であった。中では非人道的な毒ガス実験が行われ、そこでは囚人を一本、二本と呼んでいた。

平屋造りの大きな講堂のような建物の中央に二重張りにした5m四方のテントが張られ、その中へ中国人を連れてゆくのが自分たち憲兵の任務であった。そして毒ガス実験で殺害した後、解剖が軍医の手で行われていた。

元憲兵による証言は、戦犯管理所内で、「過去の自分を、臍《ほぞ》を噛むような痛恨にさいなまれながら書いたものである」（前掲『侵略』224頁）。韓暁さんの調査をうらづける告白である。

1936年旧暦の8月15日、中秋節を選んで、中馬城の一つの監房に収容されていた40名が脱獄事件を起こした。逃亡に成功した16名は途中犠牲者を出しながら、12名が東北抗日聯軍第三軍の宿営地にたどり着いた。12名によって、中馬城がなにをするところか明らかにされた。その後、日本軍は防備を強化したが37年に原因不明の火薬庫の爆発事故が起きた。日本軍は活動を停止し、38年、完全に平房へ移っていったと、付近住民の証言を韓暁さんは著書の中で紹介している。

人体実験を含め、この研究所の秘密が露見することを恐れた731部隊は、いそぎ施設をハルビン市の東南20㎞の地点、平房地区に移した。1938年6月、布告された『平房付近特別軍事地域設定の件』（関東軍参謀部命令第1539号）によって、約6㎞四方という広大な地域を特別軍事区域に指定する。周辺の住人と人家を強制的に立ち退かせ、大がかりな軍事施設の建設がはじめられた。本部、実験室、監獄棟など堅牢な施設のほかに、専用飛行場まで併設されていた。ふたたび「関東軍防疫給水部」を表向きの任務に掲げて、生物化学兵器の開発が再開された。

その後、ハルビン平房を本部としてハイラル、孫呉、海林（牡丹江）、林口の4支部と大連に衛生研究所、安達に特別実験場が造られた。

防疫給水部に名を借りた生物化学実験（人体実験）は各支部、その出張所（10数カ所）でも行われていた。ハルビンの本部だけでも3000名を超える犠牲者のあったことが明らかになっている。

中国南部戦線におけるペスト菌、コレラ菌、チフス菌などの細菌兵器散布、また敗戦時に放逐したペスト菌ネズミ・ノミによる被害を含めればその犠牲者の数はどのぐらいにのぼるのか、把握することは不可能と思われる。これらにかかわった日本軍人、研究者は3000名にのぼると韓暁さんは書いている。

731部隊を除く生体解剖については、前掲『15年戦争中の日本軍の軍陣での「生体解剖・生体実験」』によると、満州国建国直後、1933年にはじまり、45年7月まで行われていたと報告されている。

行われた地域は東北三省（旧満州国）にはじまり、河北、河南、山東、山西、湖北、安徽、内蒙古の10省に及んでいる。東北では1935〜40年、河北では1940〜44年、山東では1942〜43年、河南は1944〜45年、山西では1940〜45年に証言が集中していることから見て、拡大する戦線にともない、生体解剖も全中国の各戦線で行われていたことがわかる。

前掲『悪魔の日本軍医』には、中国戦線だけでなく、ビルマ戦線においても生体解剖が行われていた事実が報告されている。1943年9月、著者自身は加わらなかったが、夜間に野外に軍用テントを張り、現地人2名を解剖している現場に立ちあったと証言している。

陸軍の衛生機関と組織

陸軍の衛生機関は陸軍省医務室の管理のもとに、陸軍病院と各部隊の医務室が設置されている。ひとたび戦時になれば、その編成は大幅に変更される。大本営が設置されてその下で参謀本部が各軍の指揮にあたる。衛生機関もこれにともなって戦時編成となり、野戦衛生長官が参謀本部に直属し、参謀事務に関与し、野戦における衛生関係業務を統括した。また各方面軍、師団にもそれぞれ軍医部がおかれ、必要とされる業務を担当した。実際の衛生業務を担当する組織としては、各方面軍に陸軍病院と兵站病院がおかれた。

陸軍病院は衛生機関編成のための基幹組織であり、軍医、看護婦、衛生兵などの派遣や教育などが任務とされた。兵站病院の任務は、衛生面での後方兵站支援であった。陸軍病院に比べて、より直接的な野戦での医療支援を行うとともに、後方への患者移

送の拠点という性格を持っていた。（前掲『証言・生体解剖』158〜161頁）

太原、撫順両戦犯管理所に収監されていた戦犯の告白にもとづいて編集された『証言・生体解剖』には、生体解剖や人体実験などが行われた場所として、陸軍病院が多くあげられている。山西省潞安陸軍病院以外に、掖河陸軍病院、ハルビン陸軍病院、蜜山陸軍病院、虎林陸軍病院、富錦陸軍病院、新京第二陸軍病院、承徳陸軍病院（以上関東軍所属）、天津陸軍病院、保定陸軍病院、済南陸軍病院、兗州《えんしゅう》陸軍病院、原平鎮陸軍病院、大同陸軍病院、臨汾陸軍病院、第十二軍所属の兵站病院（以上支那派遣軍所属）などが報告されている。

さらに、兵站病院、野戦病院、野戦衛生隊、駐留地など、占領地で行われた事実も報告されている。なかでも野戦病院が最も多く、次いで野戦衛生隊となっている。

湯浅さんが派遣された山西省潞安は北支那方面軍（支那派遣軍指揮下）第1軍の指揮下にあり、医療、衛生に関する指令はすべてこの北支那方面軍軍医部から発せられていた。生体解剖実施命令も支那総軍—北支方面軍—第1軍軍医部—師団軍医部と命令系統を経て通達されたものであった。湯浅さんが赴任直後に経験した生体解剖も、第1軍36師団（司令部太原）による管下軍医集合教育計画にもとづいて行われていた。

先に紹介した元衛生兵ふたりの経験も、衛生兵の教育を担当する陸軍病院が上部衛生機関の命令を受けて、初年兵教育の一環として実施したものであった。衛生兵以外にも、新兵の教育に生体解剖が実行された例も報告されている。

3　山西省で

湯浅さんは1942年の春、山西省の省都太原から南へ下った潞安（現長治市）の陸軍病院で新任軍医として生活をはじめた。

湯浅さんが赴任した当時の山西省はどのような状況にあったのだろうか。

日中戦争時の山西省の状況

「山西とは太行山脈の西に位置するという意味で、中国本部の中央に位置し、最も古い歴史と文化の伝統を持つ土地であり、中国文化の最盛期を誇った唐発祥の地でもある。歴史遺産・文物の宝庫といわれ、洛陽の龍門石窟、五台山、玄中寺建立など中国仏教の中心地である。太原は唐代、すでに要都であった。標高1000メートルを越える黄土高原の東部を占め、年間降雨量も少なく、自然環境は極めて厳しい土地である」（『中国旅行案内パンフレット』）

また、城野宏は『山西独立戦記』（雷華社　1967年）のなかで山西省について次のように語っている。

日本が戦に破れ、満州、朝鮮、台湾をはじめ、一切の海外植民地を喪失した時、これらに代わるべき資源基地を我々の手で確保できないかという問題に対して、第一に必要な条件は、その地が必要なだけの膨大な資源を持っているということである。その条件にもっとも合致したところは、やはり山西だということになる。なぜなら、山西こそは満州、朝鮮を合わせたよりもずっと大きな、世界一ともいえる資源を擁している。例えば、石炭の埋蔵量は４千億トンで、全華北の石炭の６割を保有しているのである。日本の石炭埋蔵量は、北海道の端から九州にいたるまで全土の一切をふくめても１５０億トンにすぎない。（中略）山西の石灰石はまた世界一である。……石膏がまた世界一である。……鉄鉱資源も非常に豊富なのであり、粘結炭も十分ある。その他にも五台には優秀な硅酸土があり、平陸には豊かな銅鉱もある。このように山西は厖大な富源を有していて、もし山西を我々の手に確保できれば、満州、朝鮮を失っても、これをつぐなって余りあるものが得られるのだ。

（『山西独立戦記』35〜36頁）

『山西独立戦記』は、山西残留日本軍の首謀格のひとりである城野宏が１９６4年帰国［著者注・刑期18年、満期前釈放。刑期には拘留期間が含まれる］したのち、山西残留問題の真相を自らの手で明らかにしたものである。日中戦争中の日本軍にとって、山西省の豊かな天然資源の確保がいかに大きな課題であったかをうかがわせる。

盧溝橋での戦闘開始から3カ月後の１９３7年10月、日本軍は早くも山西省を占領した。同時に兵力を集中して、中国中部の武漢、南部の広東を占領して、国民政府に降伏を迫った。しかし、中国の抗日意識は強く、蒋介石は全国民に抗戦を呼びかけた。団結して戦えば勝利の可能性があると強調した。短期解決が不可能に近いことをさとった陸軍首脳部は、あらたな方針を決定しなければならなかった。この決定にもとづいて、北支那方面軍はただちに山西省の主要な鉄道の占領に着手した。豊富な資源を国力の充実に用いようと図った。

山西省の鉄道をめぐる攻防

占領した山西省では、産出される石炭、鉄鉱石、綿花、岩塩などをめぐり、日本軍と八路軍の間で激しい戦闘が展開された。日本軍にとって鉄道は資源収奪のための重要な手段であり、それゆえまた抗日勢力にとっても主要な攻撃目標であった。山西省に限らず、日本軍が占領した華北各省では、沿海部までの物流網の整備が優先課題とされていた。

北同蒲線（大同～蒲州間の北半分）、正太線（のち石太線と改称、石家荘～太原間）の確保は、山西省の資源を「満州国」、日本国内に輸送するための手段として緊要であった。

1938年3月には、山西省の鉄道はすべて日本軍に占領され、39年11月、華北交通・太原鉄路局が設立される。

資源輸送を担う太原鉄路局の任務は次のようなものであった。

①　兵員や軍需物資の輸送
②　省内に産する石炭、鉄鉱石、石灰岩、岩塩など重要鉱産資源の輸送
③　省外から移入される食糧の輸送

1940年7月には、北京～太原区間の直通列車の運行が可能となり、資源運搬の手段は一段と向上する。

華北交通は、1939年に南京臨時政府（汪兆銘主席）より鉄道警察権を付与されていた。華北交通は、この権限にさらに独自に規則を加え、管轄区域内における鉄路の安全運行をはかった。鉄道警察官は従業員の中から選抜され、「武器・禁制品の携行、軍需物資の移動、敵地区通貨の取締り、その他謀略情報の蒐集など」を任務とするもので、単なる乗客の安全や貨物盗難防止のための警察ではなかった。

1941年3月、南同蒲線（大同～蒲州間の南半分）の支線、東潞線（東観～潞安間）が開通する。太行山脈の高度1700mの急峻な高地を走行する東潞線は、新華北建設に必要な重要資源の供給路として、なくてはならない路線となった。他に鉄鉱石運搬のため、史家崗支線、黄丹溝支線が敷設された。東潞線は経済的な理由以外にも軍の作戦上不可欠の鉄路であったが、45年5月には軍作戦の変更により、機材の有効転用という名目で、全線の半分にあたる沁県～潞安間のレールが撤去された。撤去されたレールは、基地や飛行場など軍事施設を保護するために転用された。

太行山脈山中に根拠地を持つ抗日勢力がくりかえす破壊活動は、「太原鉄路局の歴

史はすべて八路軍との闘いの記録であった」（華北交通資業局編『北支』）と言わしめるほど、輸送効率に大きな打撃を与えていた。

1938年2月から北同蒲線が攻撃の標的にされていたが、40年8月、共産軍による「百団大戦」が発動されてから10月初めまでの2カ月間に、鉄道470km、トンネル、橋、駅舎など260カ所が破壊された。八路軍は、建設の進んでいた東潞線の工事が振り出しに戻るほど破壊したうえ、建設用火薬約8トンを奪った。日本軍はただちに再建に着工し、41年に開通させている。

中国共産党軍の重要攻撃対象は正太線で、石家荘～楡次間の3分の2が破壊された。日本軍は3カ月をかけて修復したが、まさに八路軍との闘いであった。

（「日本軍占領下の中国山西省における鉄道建設と鉄道経営」内田知行論文『鉄道史学』21号所収）

北支那方面軍は1940年（昭和15年度9～12月期）の政治、経済指導上の主要施策を以下のように述べている。

今次の共産軍百団大戦を契機とするわが粛清作戦の好機に際会しながら、政治工作が不十分なため、経済施策育成が追いついていなかった。北支重要資源、特に石炭、綿花、鉱物、工業塩などの開発増産は東亜国防経済建設のため切実な要請があるところであり、極力これを促進して重責を果たさなければならない。資源地付近の治安維持、輸送力の確保、開発の指導などさらに努力が必要である。

国防資源の確保はわが戦時経済遂行上喫緊の要務である。ことに近時第三国からの輸入が漸時《ママ》困難になろうとしているので、わが国の北支資源に対する依存性は急激に増大している。すなわち北支の粘結炭は日満製鉄工業の主要資源となり、(屑鉄輸入の途絶により製鉄方式の変更)その供給の消長がわが国重工業の死命を制するほどの重要性を持つ。また、北支工業塩、綿花などはいずれもわが国防資源の重要な地位を占めるようになった。

よってこれらの重要資源の画期的な開発取得の施策を促進し、わが国現下の要請に応ずることを期している。この目的達成のためには重要資源地の治安の確保と輸送力の強化保全により生産力を促進することが最大の急務である。

(『北支の治安戦　I』防衛庁防衛研修所戦史室編　朝雲新聞社　1968年　400頁)


この重要資源を獲得するために、占領地の治安維持は欠かすことのできない政策であった。しかし、日本軍は「点と線(主要都市と交通路)」を占領しているに過ぎず、広大な華北平原の地形に精通する共産党軍・八路軍にとって、山西省は遊撃戦を展開する主要な地域であった。

この動きに対して、持久戦への転換をせまられた日本軍は、1938年、独立混成旅団を送る。独立混成旅団は占領地における治安維持および鉄道、道路などの確保を目的につくられた部隊であった。

日本軍は八路軍を中心とする抗日勢力の遊撃戦に対抗して、「粛清」「掃蕩」「討伐」作戦を展開した。抗日組織が民衆に浸透するのを阻止する作戦であった。

独立混成旅団は大規模な作戦には不向きであったが、敏捷な行動が求められる占領地の治安維持を目的とする任務には適していた。泥沼化した中国戦線における、日本軍の様相を典型的に示す兵団が独立混成旅団であった。

（『ある日本兵の二つの戦場』内海愛子・石田米子・加藤修弘編　社会評論社　２００５年　１６９頁）

１９３８年９月、軍情視察に訪れた侍従武官に対して、北支那方面軍司令官は北部山西作戦を次のように説明している。

一　（省略）

二　北部山西作戦

「治安粛清ハ作戦地域ニ従ヒ各兵団自ヲ之ニ当ルト雖主要ナル地域ニ対シテハ方面軍ノ統制ヲ必要トシ就中従来皇軍ノ威武ノ及ハサリシ北部山西竝之ニ連ル太行山脈一帯ノ山地ハ共産匪賊ノ巣窟ニシテ其ノ余波ハ今ヤ北支ノ全域ニ波及スルニ至リシヲ以テ徹底的清掃ヲ実施シテ其ノ禍根ヲ芟除スルニ決シ第一軍、駐蒙軍及第110師団ヲ統制シ8月上旬ヨリ着々其ノ準備ヲ進メ9月24日ヲ第1日トシテ攻撃ヲ開始シ概ネ10月下旬迄ニハ一応ノ掃蕩ヲ完了スル予定ナリ」

（前掲『北支の治安戦 Ⅰ』64頁）

また、「北支那方面軍作戦記録」は、日本軍が晋中（山西省中部）作戦を企図するにいたった経過を次のように説明している。

北支那一帯ニ蟠据［著者注・蟠据とは広大な土地を支配し勢力をふるうこと］セル共産軍ハ、第18集団軍総司令朱徳ノ部署ニ基キ「百団大戦」ヲ呼称シ、昭和15年8月20日夜ヲ期シテ、一斉ニ我交通線及生産地域（主トシテ鉱山）ニ対シ奇襲ヲ実施シ、特ニ山西省ニ於テ其ノ勢熾烈ニシテ、石太線及北部同蒲線ノ警備隊ヲ襲撃スルト同時ニ、鉄道、橋梁及通信施設等ヲ爆破又ハ破壊シ、井陘炭鉱等ノ設備ヲ徹底的ニ毀損セリ。本奇襲ハ我軍ノ全ク予期セサル所ニシテ、ソノ損害モ甚大ニシテ且復旧ニ多大ノ日時ト巨費ヲ用セリ。右奇襲ヲ受ケタル我軍ハ、将来斯クノ如キ不覚ヲ生起セサル為、並ニ軍ノ威信保持ノ為、共産軍ヲ徹底的ニ潰滅セシメントシ晋中作戦ヲ企図スルニ至レリ。

（前掲『北支の治安戦 Ⅰ』338頁）

百団大戦に対する日本軍の反撃は、三光作戦と呼ばれる燼滅作戦となって華北全土で展開された。三光作戦をまねいた中国共産党軍の百団大戦とはどのようなものだったのだろうか。

百団大戦と三光作戦

1940年8月20日から12月5日まで、共産党軍は全勢力をあげて、華北全土に占領地を拡げつつあった日本軍の拠点、鉄道、鉱山、警備隊、通信隊などをいっせいに攻撃した。この大戦に参加した中国共産党・八路軍が115団（団は日本軍の連隊にあたる）だったことから百団大戦とよばれるが、軍隊と民兵あわせて40万人が参加したといわれている。

なかでも山西省における攻防がもっとも激しく、山西省防衛の任務を持つ第1軍は各地で大きな損害をだした。鉄道をめぐる攻防は先に見たとおりである。

1940年8月20日　八路軍、第一次攻撃　石太線、同蒲線などの日本軍拠点、鉱山・炭鉱へ攻撃開始
8月30日～9月18日　これに対し日本軍、第一次晋中作戦を行う
9月22日～10月2日、八路軍、楡社方面へ第二次攻撃開始
10月11日～12月3日、日本軍、第二次晋中作戦を行う
（前掲『北支の治安戦　I』353頁）

相手を「潰滅セシメル」戦いが日本敗戦までつづいた。共産軍のたびかさなる急襲に、大きな打撃をうけた日本軍は、共産軍の力をあらためて認識し、ただちに態勢を整えて反撃にでる。

晋中作戦をはじめとする日本軍の反撃は、作戦記録にあるように失地の回復や復讐と同時に、軍の威信回復をかけた猛烈な掃討作戦となった。晋中作戦を発動するにあたって、1940年8月26日、第1軍参謀長田中隆吉は次のような指示を指揮下の兵団に示した。

「作戦実施ニ方リテハ、執拗ニ敵ヲ追撃スルト共ニ、迅速ニ其ノ退路ヲ遮断シテ、敵ヲ随所ニ捕捉撃滅スルコトニ努メ、目標線進出後反転シテ行フ作戦ニ於テハ、徹底的ニ敵根拠地ヲ燼滅掃蕩シ、敵ヲシテ将来生存スル能ハサルニ至ラシム。」

（『黄土の村の性暴力』石田米子・内田知行編　創土社　2004年137頁）

上記命令を受けて、独立混成第4旅団の片山兵団長は各兵団に、「討伐隊ニ与フル注意」を発した。

「今次作戦ハ既ニ示セル如ク敵根拠地ニ対シ徹底的ニ燼滅掃討シ、敵ヲシテ将来生存スル能ハザルニ至ラシムルコト緊要ナリ。之ガ為無辜ノ住民ヲ苦シムルハ避クベキモ敵性顕著ニシテ敵根拠地タルコト明瞭ナル部落ハ要スレバ焼棄スルモ亦止ムヲ得ザルベシ。」

（前掲『黄土の村の性暴力』137頁）

またその期間中に出された「独立混成第4旅団第一期晋中作戦戦闘詳報」には、作戦命令のなかに「燼滅目標及ビ方法」として、次のような戦慄すべき指示がなされていた。

作戦実施要領

Ⅰ　前進部署並ニ戦闘指導

1　各支隊ハ所命ノ進路ニ沿フ地域ヲ道路地形ノ関係ヲ顧慮シ、小ナル数縦隊ヲ以テ分進シ、廣正面ニ亘リ敵及敵性住民並ニ隠匿兵器等索出ニ務ム。

2　各支隊ノ作戦区域内ニ捜索洩レノ地域ナキ如ク前進ヲ部署ス。

3　第一期作戦前段ニ於テ掃蕩セル地域ト雖モ、其ノ燼滅不十分ト認ムル時ハ更ニ之ヲ復行スルモノトス。

4　各縦隊共側方ニ斥候ヲ派遣、為シ得レハ便衣ヲ着用セル斥候密偵ヲ使用シ、又捕虜住民等ヲ利用シテ捜索ノ補助トナス。

5　各部落ノ家宅捜査、其ノ他敵又ハ敵性住民ノ隠匿隠遁シアル場所ノ索出ヲ行フ。
6　敵部隊ニ遭遇セハ、状況ニヨリ各縦隊合撃シ、或ハ一部ヲ以テ速ニ退路ヲ遮断シ、捕捉殲滅ニ務ム。
Ⅱ　燼滅目標及方法
1　敵及ビ土民ヲ仮装スル敵
2　敵性アリト認ムル住民中15歳以上60歳迄ノ男子
〔以上ハ殺戮〕
3　敵ノ隠匿シアル武器、弾薬、器具、爆薬等
4　敵ノ集積セリト認ムル糧秣
5　敵ノ使用セル文書
〔以上、押収携行、止ムヲ得ザル時ハ焼却〕
6　敵性部落〔焼却破壊〕
（前掲『黄土の村の性暴力』139頁）

誰が土民に仮装している敵なのか、日本軍将兵に確かめる方法はあったのだろうか。疑わしい15歳以上60歳までの男性はすべて殺して差し支えない、糧秣も武器もすべて略奪し、「敵性部落」と判断した集落はすべて焼却してかまわないという指令である。

日本軍は侵攻するあらゆる町や村で部落掃討作戦を行った。この指令が各兵団の末端まで行き届いていたことを証明する。

『北支の治安戦　Ⅱ』（防衛庁防衛研修所戦史室編　朝雲新聞社　1968年）には、華北山西省に駐屯していた第37師団第2連隊長の対民衆軍規についての回想がある。

戦陣における軍人の心の動向には、軍律と関係なしに、統率の力ではにわかに左右できない奇妙な底流がある。第一線の末端になるほど敵愾心が強く、「一般民衆と敵性分子との区別はつくものではない」という民衆に対する不信感や、「民族感情の暗黙の対立」、「中国人に対する罪の意識の薄弱」等による粗暴なふるまいがあり、「民心把握の意図の徹底」ほど、骨の折れることはなかった。

日本人反戦同盟を結成（1942年）した前田光繁さんは、この作戦を八路軍のなかにいて見ていた。華北鉄道（南満州鉄道系）の駐在員として、中国河北省石家荘の近くに滞在していた前田さんは、日中戦争が始まって一年経った1938年7月、八路軍の捕虜となった。捕虜になったら殺されると覚悟していた前田さんは、連行された八路軍の司令部で、捕虜優待政策を体験する。幹部と兵士の間が平等であること、農民を正しく援助していることなど、八路軍の規律に触れ、行動を共にするようになった。

捕虜になった日本兵が殺害されるのを防ぐため、村民の説得に協力を求められて、八路軍の兵士と一緒に村々をまわった。着いた村で燼滅作戦の実態を目にしたことが、八路軍参加を決意させ、のちに日本兵に反戦をよびかける同盟を結成する原因になったと語った。(2002年10月10日のインタビューにおいて)

潞安地区は、1939年夏に行われた晋東(山西省東部)作戦、秋の潞安掃蕩作戦によって、日本軍の占領地となっていた。日中両軍のあいだで死闘がくりひろげられていた中心地に湯浅さんは着任した。

敗戦、そして残留

湯浅さんは8月15日を太原の陸軍病院で迎えている。盲腸の摘出手術を受けたあとの病床で敗戦のしらせを聞いた。自分でも不思議に思うほど現実を冷静に受け止めた、と話す。

日本の降伏後、国民政府軍は中国国民党軍第2戦区司令官を務める閻錫山に対し、ただちに日本軍の武装解除に当たるよう指示した。

8月20日、閻錫山の先遣部隊が省都太原に進駐した。8月30日、閻錫山自身も日本の北支那方面軍第1軍に護衛されて太原に入城した。

日中戦争時、日本軍は山西省占領と同時に閻錫山に対し、日本軍と協同して華北に親日政権を樹立して、ともに共産軍と戦おうともちかけた(「対伯工作」と呼ばれる)。

親日政権樹立の話には取りあおうとはしなかったが、閻錫山は自軍の兵力温存のため、軍備に勝る日本軍に太原を引きわたして山間部に拠点を移すことには同意した。

1941年9月、山西省を占領した北支那方面軍第1軍司令官岩松義雄中将は、当面の敵である国民党山西軍閻錫山とのあいだに「停戦協定」を結んだ。山西軍は孝義県ほか安全な地区に移動し、日本軍と密に提携することを協定した。「停戦協定」の目的は、国民党軍・山西軍との戦闘をさけ、共産党軍との戦闘に専念する態勢を整えることにあった。

「停戦協定細目」には、「共存共栄ノ主旨ニ基キ亜州民族ヲ解放シ新亜州ノ建立ニ努力ス　之カ為当初先ツ共産主義的破壊工作ノ芟除《せんじょ》ニ関シ緊密ニ協力ス」（第一条）、「日本軍ハ山西軍ノ整訓及兵器ノ補充等ニ協力シ糧秣ノ徴発等ニ関シ相互ニ協力ス」（第三条）などが取り交わされていた。（前掲『北支の治安戦　I』586頁）

日中戦争の目的が、国民党政府を屈服させることから、物資の収奪と共産化を防ぐことに変化したことを示す協定である。敗戦後、山西軍に協力し、共に共産軍と戦いつづけた日本軍兵士の山西残留（1945〜49年）問題は、戦争中の両者の関係を抜きにしては起こりえなかった。

1945年9月9日、支那派遣軍の中国国民政府に対する降伏調印式が南京で行われた。支那派遣軍は所属する全部隊に対し、武装解除、日本軍民の帰国移送の開始、強制留用の解除などを訓令する。

山西省で敗戦を迎えた北支那方面軍第1軍は、八路軍の支配地区で戦闘をかさねていたにもかかわらず、武器その他軍装備品は国民党軍・山西軍に引き渡すように指示を受けた。国民党軍は日本軍の装備その他、莫大な戦利品を手にすることになった。

抗日戦争中、国民党支援をつづけていたアメリカは、日本敗戦後も引きつづき国民党を援助していた。その目的は共産党勢力の伸張を防ぎ、国民党による統一政府の実現にあった。日本軍の武器引渡しが国民党軍によって行われた背景には、鮮明になりつつあった国際関係の変化があった。日本の敗戦は、抗日戦争をともに戦った、国・共両軍の亀裂を拡げ、新しい国家形成をめぐる闘争の引き金にもなっていた。山西残留問題は、共産党軍との戦いに日本軍が国民党軍と協力したことにとどまらなかった。

国民党第2戦区司令官閻錫山は、太原に戻ると第1軍司令官澄田睞四郎、同参謀長山岡道武、河本大作（太原日本居留民会長、元関東軍大佐高級参謀、張作霖爆破事件に関与。山西産業社長）たちに日本軍人と技術者、居留民を残留させ、山西省の再建のために協力してほしいと働きかけた。重要な施設の接収は完了したものの、八路軍とのあいだはいぜんとして一触即発の状態にあった。日本軍の戦闘力を味方につけることを強く望んでいた。

閻錫山は日本軍兵士を技術者として活用する方法を考え、「特務団」を編成する決定を下した。同時に軍司令官、師団長、特務機関長たちを戦犯容疑で軟禁し、居留民の帰国を中断させた。第1軍の復員輸送も妨害して「特務団」の実現を迫った。

日本軍の中にも城野宏たちの働きかけにより、山西省の豊富な資源を利用して祖国日本の再建に貢献しようという動きがではじめていた。

山西の石炭、鉄鉱など重要資源を日本人の手に掌握して、日本の経済復興のための原料供給地にし、何年か後に再び日本によるアジア支配を回復したいと考えた日本軍第1軍の首脳部は閻錫山の要求を受け入れた。

「日本軍を山西省に残留させることは閻錫山の希望するところである。（中略）我々が山西省に残留するのは祖国復興のためであり、その礎石になるのである。さらに澄田司令官以下、拘束されている我々の上官、僚友の戦犯容疑者を救うことができ、10余万人の軍主力、および居留民の帰国を促進させることができる。団隊長各位も進んで残留同志に加盟するよう熱望するとともに本日の軍命令を部下将兵に徹底させ、一人でも多くの人に残留特務団に入るよう説得してほしい」

山西省崞《かく》県に駐屯していた第1軍独立混成第3旅団司令部において開かれた団長会議で、高級参謀今村方策は上記のように述べ、積極的に残留を呼びかけた。第1軍司令官澄田睞四郎からの命令は、山西省にいた第1軍6万人将兵の中から1万人を残留させるというものだった。なかには志願という形をとった部隊もあったが、それでも志願者が足りない場合は強制的に命令されたという。

敗戦国の軍隊を残留させることは国際法違反であることは明瞭であったので、日本軍、山西軍は「鉄道及び公路を復旧する要員（鉄道護路隊）」の募集という名目で、残留を呼びかけたのである。

　この動きに対し、南京の支那派遣軍総司令部（総軍）は第1軍の復員作業の停滞を不信に思い、調査に来た。即刻残留運動を中止し、速やかに復員帰還するよう説得したが、総司令部の力でも残留運動を中止させることはできなかった。総軍による帰還命令も前線の兵士全員に行き届くことなく、残留した兵士の中には軍の命令で残されたと受け取った者が多かった。すべては日本軍・北支派遣軍と国民党軍・山西軍の間で交わされた密約が引き起こした問題であった。

　湯浅さんと同じ太原戦犯管理所に収監された、元山西残留日本兵稲葉績さんは、2009年9月のインタビューのなかで、残留は軍の命令によるものだったとはっきり証言した。

　稲葉さんは1943年（昭和18）10月、学徒出陣によって徴兵され、中国山西省に派遣された。選ばれて通信学校（河北省石家荘）で1年間の訓練を受けた後、見習士官に昇進し、山西省太原で独立混成第3旅団の通信隊中隊長を命じられた。

　残留命令に対し稲葉さんは、自分は命令にしたがい残留するが、部下を引き留めることは拒否した。誰もが戦争終結による放心状態からさめ、一日も早く祖国に帰ることを望んでいた。これ以上戦争で命を失うことを強いるのは不可能と判断したという。

　一般居留民に対しても「日僑管理処」が作られ、技術者、研究者に残留が呼びかけられた。一般居留民がもっとも不安を感じていたのは、子女の教育問題であり、医療に関する問題であった。ただちに日本人居留民のために小・中学校が太原市内に創設された。病院で働く日本人医師も残留に応じた。要請に応じた医師団の中に湯浅さんも含まれていた。最終的には、2600名の武装部隊、3000名の技術者とその家族が現地残留し、太原城内、または城外に住むことが決まった。湯浅さんは残留の動機をこう語っている。

私がしばらく中国に残ろうと思ったのは日本へ帰っても家族の生死もわからないだろうし、日本の医者は高い技術を持っているから中国人にも信用されている。多くの居留民のためにも医師が必要だ。医者としての腕があれば食べていける、そんな打算がありました。ともかく中国に残ろうと決意しました。ここで頑張っていることが日本のためになるんだ。自分もいつかは日本に帰りたいが急ぐ必要もない。どうしても帰りたい人を帰国させるため中国に残り頑張ってみようと考えました。

敗戦直後の山西省には、第1軍4万9000名、駐蒙軍1万1000名（敗戦後第1軍に編入された）の兵力と民間人4万名、合計10万名の日本人が残されていた。

湯浅さんは日本人居留民のための病院、山西共済病院に籍を移した。このとき軍籍をはなれ、民間の医師になっている。外来診療に当たったり、入院患者の病棟を回診したり、求められれば往診にも出かける多忙な生活だった。

中国人は日本人医師を歓待してくれたという。この間に太原郵便局で保険課長をしていた人の次女、啓子さんと結婚し、2児の父親になっている。

1947年11月第1次、48年5月第2次、9月第3次と、残留兵と居留民は空路でそれぞれ沿岸地方に運ばれ、帰国をはたした。

48年10月に入ると、人民解放軍の太原城東部地区への猛攻撃がはじまった。

太原から陽泉へ

1949年4月、山西省はすべて人民解放軍により解放された。太原が解放軍によ

中国残留を決めた湯浅さんは、1946年12月17日、啓子さんと結婚する。下は結婚証明書。山西省太原で。

って解放されたとき、湯浅さんは日本の同仁会が経営する慈恵病院に勤務していた。解放後1カ月が過ぎた頃、新政府の命令によって、同じ太原市内にあった省立の病院に配属され、内科の担当医となった。同僚となった中国人医師の多くが日本語を解し、診療も日本人医師の指示が求められた。中国人社会の中の生活に不安を感じることはなかったが、そこは中国共産党が管理する病院であった。

解放前とはちがって、病院内でたびたび学習会がもたれるようになった。学習は『唯物論』、『社会発展史』などがテキストに使われた。総括会議の場では、自尊心を傷つけないように配慮しながらお互いを批判し、自己批判も求められた。

湯浅さんはこの時点で『唯物論』についても、解放軍の理念についても何も理解していなかったと振りかえる。日本人だけでなく、中国人も自分の技術に敬意を払ってくれる。医者としての自負心、医師になろうとした本来の夢が活かされた生活に満足していた。

だが、あるとき公安局から日本人全員に呼び出しがかかり、順次出頭を命じられた。湯浅さんも出頭し、住所、家族にはじまって、中国に来た年月日、赴任地、終戦を迎えた場所などを何度もくりかえし聞かれた。湯浅さんは何のための調査なのかを理解せずに、経歴などかくすことなく、むしろ本物の医師であることを誇らしげに話した。

朝鮮戦争（1950年6月）が始まった年に、湯浅さんは太原の東に位置する炭鉱の町、陽泉の病院に異動を命じられた。太原に心を残しながらも家族とともに陽泉に

陽泉市立病院に勤務していたころの湯浅さん。
左上・中央。1950年秋撮影。右上・後列左。下の写真は陽泉の病院から永年へ移動を命じられた時の記念写真。前列右から３人目。左隣りが長男を抱いた妻啓子さん。写真の左上には「陽泉市立病院　湯浅大夫　回国紀年　1951.1.16」とある

移った。

それまでの中国の農村では病気になっても民間療法や漢方にたより、よほど重症にならないかぎり病院には来なかった。解放前の中国では、農民は絶対の権限を持つ地主の承諾なしには医者にかかることもできなかった。解放後、自由に医師の診察が受けられるようになったことを農民たちは素直に喜んでいたと湯浅さんは語る。

この病院でも学習会がもたれた。先任医師が、「自分は日本軍に参加して中国と中国人に対してつぐないきれない犯罪行為を行った」と話すのを聞いても、「立派なことを言うなあ」と考えたが、自分がその医師より重大な罪行を犯しているなどとは考えなかった。しかし、そんな湯浅さん一家に生活を一変させる出来事がふりかかる。

湯浅さんは1951年の新年を、家族とともに太原で迎えた。正月の休暇を利用して久しぶりに知人を訪ね、新年を祝った。

陽泉に帰ると、病院長から口頭で収容所へ行くように命じられた。行き先は告げられなかった。この命令を湯浅さんは日本へ帰るための集合だと考え、喜んで命令を受けた。帰国の準備のために収容所へ行き、新中国とその政治路線について学習させられるのだろうと思いこんでいた。

太原へ出発する湯浅さん一家をひとりの薬務員が送ってくれた。辞退したがどうしても太原まで送るといってきかなかった。考えれば、この薬務員は湯浅さん一家を太原の公安局指定の宿舎まで送り届ける任務であったとわかったが、そのときはまったく気づいていなかった。

宿舎に着くと、湯浅さんの荷物と家族の荷物が分けられた。このときはじめて湯浅さんは嫌な予感がしたという。その夜は家族と別の部屋に寝かされ、翌朝30名ほどの一行とともに公安部員二人に付き添われて、汽車で太原を出発した。このときも行き先は告げられないまま、自分たちは帰国のために集結地に向かっているとばかり思っていたという。河北省に入り、石家荘で乗り換えて南に下り、邯鄲駅に着いた。

河北省永年捕虜収容所へ

1月の黄土高原は身を切るような寒さだった。夜の明けるまで家族で1枚の布団にくるまり暖をとった。2台の馬車が用意され、夫人とお子さんは荷物とともにその馬車に乗り、湯浅さんは馬車の横を丸一日歩いた。夕刻、河北省永年県の収容所に到着した。収容された建物は国民党時代には日本兵の捕虜収容所として使われていたところで、訓練団と呼ばれていた。

湯浅さんは他の男たちと一緒に第1大隊第1中隊に配属され、家族は同じ第1大隊の家族隊に落ち着いた。

湯浅さんはここで生まれて初めて粟飯を口にする。最初は喉を通らなかったがしだいにおいしく感じるようになった。粟は中国人の常食であった。53年、朝鮮戦争が休戦になったころには、粟飯はうどんや米飯に替わり、肉類や野菜類など品数も増え、充分な量が支給されるようになった。当時、中国人は祝い事か正月にしか口にできなかった餃子を、日本人のために自分たちで作って食べる用意をしてくれた。

収容所には、3個中隊（1中隊100名程度）、のちにもう1中隊増え、他に家族隊の宿舎があったから、全体では600名ちかい日本人が収容されていた。訓練団（永年収容所）のなかに訓練団直属と呼ばれ、特別厳重な監視の下に置かれた中隊があった。山西残留部隊の将兵が大部分を占めていたが、憲兵隊、特務機関、裁判所、警察など、日本軍のなかでも上部組織にいた者も含まれていた。すでに戦犯の扱いであった。

このときも湯浅さんは、自分は普通の中隊に入れられたのだから、まもなく帰国を許されるだろうと安易に考えていた。

ある日、湯浅さんは大隊長に呼ばれ、隊員の学習指導と衛生面に責任を持つ、工作室（医務室）での勤務を命じられた。医師として勤務していたある日、ひとりの工作員（日本人）が手柄顔に、「とうとう例の学員［著者注・捕虜を指す］は殺人を白状したぞ」と叫ぶのを聞き驚愕する。ここは単なる学習の場ではなく、自分の犯罪行為を白状するところなのだということにはじめて気がついたという。

胸の動悸が激しくなった。一瞬自分の行った生体解剖を知っている人間がこのなかに何人いるだろうかと考えた。その日はもう仕事が手につかなかった。

しばらくは何ごとも起こらなかった。まもなく湯浅さんは団本部付きの医師を命じられ、休養所（病院）に移った。中隊にいたときは家族にあう機会はほとんどなかったが、休養所では風邪を引いて診察を受けにきた妻の啓子さんに会うこともあった。

休養所付きの医師には給料も支給され、幹部待遇であり、外出も自由にできた。そして毎週土曜日には家族と会うこともできた。家族のために用意された部屋でひと晩過ごすことも許された。休養所で医師として仕事をしているうちに、自分が犯した生体解剖など問題にならないのではないかと考えはじめていた。それほど収容所の中で湯浅さんは優遇されていた。

労働にはじまり労働に暮れる

日本人捕虜の多くは野外での労働を義務付けられていた。収容所での1日は労働にはじまり、労働に暮れた。自分たちが利用する建物の補修、道路の舗装工事、煉瓦の掘り起しなど、「労働こそが文化を発展させ、社会を建設し、世界を創造する。労働こそ最も敬うべきものである」という意識を持たせるための労働であった。

夕食後にはかならず一日の労働に対する自己批判が求められ、同僚からの批判を受け入れる学習会がもたれた。それは中国人民の敵である帝国主義的思想、反動分子から更生させるための批判であった。相手に自覚を求め、批判を通して自己の思想を変えてゆく運動であったと湯浅さんは述懐する。

あるとき人事課長に呼ばれ、合謀社（山西残留部隊を募るためにつくられた団体）

との関係を問われた。特務（スパイ）の疑いがかけられているとわかった。否定したが、「あなたはよく反省しなければいけない。そのほかの犯罪行為についても、あなたはまだ隠している」といわれた。その言葉の意味を理解しないまま、元の中隊に戻って学習するように言いわたされた。

休養所の医師の職務を解かれて、ふたたび中隊にもどされると、そこには以前よりずっと厳しくなった学習と労働が待ち受けていた。それからの湯浅さんは激しい労働の日々を送ることになる。壊れた城壁の煉瓦を運んで組みなおす兵舎作り、国営農場の雑草とり、またあるときは氾濫する河川の土のう積みなど、湯浅さんにとって、すべてがはじめて経験する重労働であった。一日の労働が終われば批判会が待っていた。弱音を吐く湯浅さんに、「医者でプチブルであるおまえは労働人民の苦しみを知らない」と容赦のない批判が飛んだ。

湯浅さんにはもうひとつ果たさなければならない大きな問題があった。「あなたはまだ隠していることがある」と指摘された自己の罪の告白である。それは「坦白」と呼ばれ、いつ、どこで、どのような罪行を犯したのか、自分の罪行を隠さず書いて提出する告白文のことであった。たとえ、「まだ隠している」と言われても、湯浅さんには罪行のすべてを告白することはとてもできなかった。いくども書いて提出した。中国人班長は、「弁解だらけで本当の反省になっていない」と言いながらも、つき返すことはなかった。「弁解しながら書いても何にもならないぞ」が班長の言葉だった。

激しい労働にも慣れ、心にかかっていたことも告白して、自分でも気持ちに余裕が感じられるようになった。それを進歩したと評価されたのか、再び医師として勤務することを命じられた。しかし、ささいな意見の衝突から起きた職場の混乱を分派活動に参加したと見なされ、再度中隊に戻された。

湯浅さんは収容所の生活はすべてが学習であったと述懐している。それは、労働によって勤労の尊さを知り、労働人民軽視の考えを改めること、世界情勢の学習を含めた理論学習によってまちがった知識や考えを改めること、告白によって旧社会における自己の犯罪行為を反省し、軍国主義的思想やブルジョア思想を改めること。これを徹底して理解し、行動にあらわすことが新中国によって侵略者に課せられた課題であった。だが、湯浅さんは医師として、ほかの人より優位な地位にいるという意識からなかなか抜け出すことができず、激しく批判されつづけた。

同じように永年収容所から太原戦犯管理所に移管され、収容されていたもうひとりの証言者、山西残留問題の項で触れた、元第3旅団の中隊長稲葉績さんの戦犯生活は、湯浅さんに比べて非常に厳しいものであった。

稲葉績さんは、「山西に残留した兵士たちは誰ひとり希望して残った者はいない。兵士たちと居留民を無事日本に送りとどけるために、若い君たちが盾となって残ってくれと説得され、懇請され、地方出身の次、三男が残された。自願などあり得ない」と強調する。特務団に編成された兵士たちは、「上官の命令は天皇の命令」を最後まで信じて、1949年4月まで、解放軍となった中国共産党軍と戦った。

太原が解放され、捕虜になって永年収容所へ送られた稲葉さんたちは、敗戦後も国民党軍に加担し、解放軍と戦いつづけた罪を、二重の敵対行為と認識されていた。湯浅さんたち民間人とは区別され、別棟に隔離された。厳重な監視下に置かれて、仲間同士の会話も一切許されなかった。反抗すればただちに、後ろ手に縄をかけられ、手錠、足枷をはめられた。最初から完全に戦犯扱いであった。

稲葉さんは永年収容所では、取調べを受けたことは記憶しているが、坦白した記憶はない。農作業、河川の堤防作り、煉瓦積みなど、作業に明け暮れる毎日は、若い稲葉さんにとっても厳しいものだったと語った。

太原戦犯管理所へ——罪の自覚

しかし、湯浅さんの担白にもとづいて中国側は調査を進めていた。やがて罪を裁かれる日がはじまった。

52年12月も押しせまったころ、突然集合がかかり、私の中隊から2、3名が荷物を持って広場に集まるようにとの命令を受けました。行ってみると銃剣を持った兵士たちに取り囲まれ、直属中隊の100名ほどが地面にあぐらをかいて座っていました。見るとそのうちの半数ぐらいの者の手には手錠がかけられていた。

まさか銃殺されるとは思わなかったが、なにごとが起るのか不安でした。各中隊からも集められて130名ほどになったでしょうか、訓練団の人事課長から「諸君はある方面に向かいただちに出発する。今までの学習は非常に不真面目である。いましばらく君たちによって荒らされた土地を開拓する必要がある。家族は後から着くようにする」と説明がありました。横にはすでにトラックが数台準備され、私たちを待っていました。

2年前に着いた邯鄲駅から汽車に乗せられ、行き先も告げられないまま出発しました。列車の窓には目張りがされていて、外のようすはなにも見えませんでした。

2日目の早朝、ある駅に着きました。朝の街をトラックで運ばれ、警戒兵にとり囲まれて降りたところはどこかの監獄でした。眼を凝らすと、そこはかつて自分が軍の演習で、生体解剖した太原監獄だったのです。

改めて過去一切の罪行を一定の書式に書いて出すことになりました。「偵訊総括」といわれるものです。約1カ月のあいだ、このこと以外にはどんなことも許されませんでした。収容所と違い、監房のドアには鍵がかけられ、便所も朝の洗面時に戸外にある便所に行く以外は許されなくなりました。後は室内で済ませるきまりでした。朝から晩まで自分の罪行を考え、食事も学習も、寝起きもみんなこの一室で毎日同じことを繰り返していました。

過去に犯した罪行を書いて出す、検察官からの注意や難点が伝えられる、扉に切られた小さな窓から必要な用品があれば支給され、書いたものは班長を通して届けられました。

誰もが早く帰国したい、早くこんな獄中生活から逃れたいと願っていたと思います。逃れられない罪でも進んで正直に坦白すれば、罪が軽減されるという寛大政策を私はもう疑いませんでした。だから早く坦白をすませて、刑をきめてもらいたい、そんな気持でした。

自分の犯した罪行をひとつひとつ思い出すことはとても難しく、辛いことでした。日時、場所、そのときの状況など記憶がはっきりしない、しかしあいまいな記述は許されませんでした。自分の行為の責任を、だれか他人の責任に転嫁しているうちは、人間としての本当の反省はできないことに気づきました。ただひたすら自分と向き合い、犯した罪の意味を考える日がつづきました。大胆に坦白したが、自分の罪の重さに耐えきれず、自殺を図った人もいました。誰もが必死だったのだと思います。

3カ月おきぐらいに総括がありました。そのたびに領導者［著者注・太原では中国側の指導者をこう呼んだ］からの講評があるのです。

「大部分の者は明らかに進歩した」と前置きされて、「依然としてまだ落伍状態にいる者がある。今からでも遅くない、進歩者は落伍者を助けよ」との趣旨がくりかえされました。

自分たちはすでに戦犯扱いであった、と語る稲葉績さんの永年収容所から太原戦犯管理所へ移送される光景は、また違うものだった。稲葉さんたちが訓練団直属中隊として特別厳しい監視下に置かれていたことは先に聞いた。湯浅さんが広場で目撃し、その厳重な警戒振りに驚いた中隊の100余名も、トラックで駅まで運ばれ、貨車に移された。しかし、その貨車は周囲を厳重に銅線で巻かれ、中はわら敷き、トイレは小さなかめがひとつ置かれているだけという、完全に犯罪者扱いの移送だった。

太原戦犯管理所に収監されてからも扱いは変わらなかった。朝起きると窓の鉄格子が雪や息で凍りついている。寝具は薄いアンペラ〔著者注・植物で編んだ敷物〕1枚が与えられただけで、暖房設備のまったくない部屋に6名が寝起きをともにした。しかも会話は禁じられ、部屋にはいつも鍵が下ろされていた。粟飯に、副菜といえば唐辛子で炒めた大豆が数粒のせられているだけの食事が長く続いた。改善されたのは帰国が話題になりはじめたころ、許されて自分たちで食事を作るようになってからのことだった。

自分と向き合い、苦しい孤独との闘いの日々が終わるころ、稲葉さんはすべての坦白を終えた。坦白を繰りかえしているうちに、いつしか反抗的だった気持ちが和らぎ、自分の罪に対する意識が変化していくのが分かった。自分たちがしてきたことを素直に認め、心から謝罪するようになっていた。罰せられて当然、どのような裁きも受ける決心がついた。銃殺も覚悟したという。

稲葉さんが語る太原戦犯管理所での体験から、湯浅さんや撫順戦犯管理所に収監されていたほかの戦犯とはあきらかに区別されていたことが分かる。しかし、稲葉さんたちは毎日差し入れられる新聞で、自分たちと共に戦った国民党中央軍、山西軍の将兵が市内を引き回され、銃殺されている記事を読んでいた。囚われている自分たちは護られていると考えないわけにはいかなかった。認罪も、不戦の誓いも戦犯自ら果たさなければならない責務であると自覚したと語った。

湯浅さんは太原監獄でも、中国人幹部も含めて獄内にいる者の診察を受け持つ医師を命じられた。しかし、同室の元軍医が結核におかされていることを知っていたが、隣で寝起きしているうちに自身も発症する。38度を越す熱がつづき、病状を申し出て、注射と内服薬による治療を受けた。それらの薬はソ連、東欧など社会主義国からの輸入品であり、簡単に入手できる品ではなかった。薬の効能のおかげで、3カ月ほどの治療で平熱に戻ることができた。

湯浅さんは細菌戦への関与について、いくら追及されても心あたりがなかった。しかしある日、ほかの人の坦白を読んで気づいた。採種して防疫給水部に渡した生菌が培養されて、細菌戦に使われていた事実を知る。自分が知らないうちに細菌戦に巻き込まれていたことを検察官に報告した。「よく気がついて報告しました」と言われ、それ以降湯浅さんに対する追及はなくなったという。

湯浅さんは自分が軍医として犯した罪行をすべて供述した。中国側は戦犯が提出した供述書にもとづいて、各地へ調査団を送り、供述の真偽を確かめた。それは湯浅さんがもっとも恐れていた被害者の遺族から告発を受けることでもあった。

●遺族裴喜狗の告発書（1954年9月13日）

私は裴喜狗といい、男、現在45歳、職業は農民で、現住所は山西省長治市下南街寺巷三号である。民国27（1938）年に日本軍、傀儡軍［著者注・日本軍と協力した中国軍］が長治を占領したとき、私の一家は全員壺関県庄池村に避難した。その後、弟の裴胖狗は平順県圪陀村に行き、抗日部隊の活動に参加した。

民国29（1940）年6月、家に戻って百姓をやりながら、ひそかに地下活動をおこなっていた。民国31（1942）年、日本軍・傀儡軍憲兵隊の密偵をしている南街の任連生という男が、私の弟裴胖狗を八路軍との内通のかどで憲兵隊に通報した。同年、旧暦9月4日の早朝、憲兵隊警察所滅共（共産党撲滅）班が南街寺巷の家に来て、弟を連行し、同時に同じ町の郭金富、黄有成もあわせて憲兵隊に連行し、拘留した。

同憲兵隊は、弟を28日間にわたって厳しい拷問にかけた。同じ町の黄金保が憲兵隊で雑役夫をしており、水を無理やり飲ませる、電気をかけるなどの重刑がおこなわれていたのを目撃している。

同年、旧暦10月2日午前9時頃、英雄街の柳五則が西門街に出て食料を買った帰り、憲兵隊の門前を通ると、車が1台止まっており、車には縛られた3人が乗っていて、そのなかに私の弟の裴胖狗と郭金富がいるのをみた。柳五則は十字街まで来たところで私と出会うと、憲兵隊が弟と郭金富、そしてもう一人知らない人間を縛って自動車に乗せ、どこかへ連れていったと語った。

私は彼の話を聞くと、すぐに自転車に乗り西門外に行って探したが、影も形もなかった。西門外から戻り、西街朱家巷口のうどん屋に行くと、そこで会った秦改蓮（女）の聞きこんだところでは、弟たちは府上の日本軍陸軍病院に連れていかれたらしいということだった。

翌日、任連生（憲兵隊の密偵）の弟の任連登が私の家にやって来て、陸軍病院の軍医湯浅謙が昨日あんたの弟の胖狗を生きたまま解剖して殺したと話した。したがって、私は前述の罪は湯浅謙がその責めを負うべきだと考える。

（前掲『証言・生体解剖』73頁）

帰国への希望

ふたたび湯浅さんの証言に戻る。

それから間もなく、帰国が近いらしいという噂が監獄内に流れました。学習として日本問題の復習が行われるというので、今度こそ帰国の希望が大きくふくらみました。学習会で、中国側の領導者が私たちに話しました。「心が落ち着かないだろう。君たちが自分から鉄砲を持って、攻めてきたのではないことは理解している。しかし、中国人が受けた被害は、君たちの手が行ったことだ」。自分の罪から逃れるためにしてきた告白を反省しました。

世界の国々がどの道を行こうとしているのか、ふたつの道のうち、帝国主義の道についてゆく国はどんな現状なのか、社会主義の道に進んでいる国はどのように戦争を食い止めているのか、自分たちが持っていた偏見をとりのぞいて、世界の平和、民族の独立、幸福な生活について考える。そのためには自分たち戦犯はまず何をすればいいのか。中国当局が自分たちに要求していることは、はっきりしていました。

まず足元をしっかり見ること、中国人民に与えた苦難は、結局日本の祖国の人びとをも敗戦の苦しみにおとしいれてしまった事実、自分の罪を日本の現状のなかからもう一度見直せというのが日本問題の学習でした。そのころには中国当局の意図するものが戦犯全員によく理解されていました。

「あなたたちは病人だ。中国人民は長い時間をさいて、あなたたちの治療のためにその病状に応じて投薬をした。もうあなたたちがいつ箸を取ってもよいように食事も用意した。けれどもいくら膳立てができてもこれを食べようとしなければしかたがない。粘り強くそれを待っているが、いつまでも待っていることはできない」と、あるとき領導者が私たちに言いました。
暖衣飽食でいられるのも中国人民が労働で得た収穫のおかげであり、自分たちが行ってきた残虐な行為を思えば、謝罪と感謝の気持ちが溢れました。私たちは侵略思想を克服し、平和を愛する人間に変わることが被害者たちへの償いであることを悟ったのです。

帰国が許される年の春、湯浅さんは一通の手紙を見せられた。証言のなかで語られた「湯浅よ」ではじまる老母からの告発文である。その手紙には、息子を殺された母親の血を吐くような思いがこめられていた。湯浅さんはこのとき、あらためて自分の犯した罪の重さに気づき、この母親に心から詫びた。
5年半は辛く長い年月であったが、この年月は自分自身が生まれ変わるためには必要な時間であったと振りかえる。でなければ人間として立ち直ることもできなかっただろうし、自分の罪行に気づくことも、中国の人々に対する謝罪もなかったと思うと静かに語った。

56年（昭和31）3月、私たちははじめて太原の街を参観することを許されました。近郊の工場、学校、農場、公私共同経営が一斉に行われた商店街・国営百貨店、さらに閻錫山の別荘地があった晋祠鎮まで連れて行ってくれました。3日間、新しい遊覧バスを連ねて見学を許され、そのうえ4月には班を分けて、撫順、長春、チチハル、天津、上海、南京、漢口など、中国全土の主要都市を約1カ月かけて参観させてくれました。行く先々で日本軍の被害者たちの証言を聞くことになりました。私たち戦犯の中には証言者がかかわる事件に直接手を下した者もいて、辛い旅行でもありました。

塀の中で想像するだけだった新中国の建設を目のあたりにして、自分たちの非を深く反省させられました。寛大な中国人民の人道主義によるこの最後の贈り物に対して、私たち戦犯は心から感謝しました。

中国人民から学んだことは、武器を持って他国を侵略しないこと、けっして人を軽蔑してはならない、働く者こそが尊敬されなければならないということでした。永年訓練所と太原戦犯管理所の生活を通じて学んだことはこれに尽きると考えています。人生を教えてくれたのはこの苦難の6年でした。

4　中華人民共和国の戦犯政策

中華人民共和国最高人民法院特別軍事法廷の開廷

1956年4月22日付『人民日報』は、中華人民共和国全国人民代表大会常務委員会が、「目下拘留中の日本の中国侵略戦争中における戦犯犯罪者の処理について」次のように決定したと報じた。

目下わが国に拘留中の日本戦争犯罪者は、日本帝国主義のわが国に対する侵略戦争中に、国際法の準則と人道の原則を公然とふみにじり、わが国の人民に対して各種の犯罪行為を行い、わが国の人民に極めて重大な損害を被らせた。彼らの行った犯罪行為からすれば、もともと厳罰に処して然るべきところであるが、日本の降伏後十年来の情勢の変化と現在おかれている状態を考慮し、ここ数年来の中日両国人民の友好関係の発展を考慮し、また、これら戦争犯罪者の大多数が拘留期間中に程度の差こそあれ改悛の情を示している事実を考慮し、これら戦争犯罪者に対してそれぞれ寛大政策にもとづいて処理することを決定する。

ここに、目下拘留中の日本戦争犯罪者に対する処理の原則とこれに関する事項を次のとおり定める。

㈠主要でない日本戦犯犯罪者、あるいは改悛の情が比較的著しい者に対しては寛大に処理し、起訴を免除することができる。

罪状の重い日本戦争犯罪者に対しては、各自の犯罪行為と拘留期間中の態度に応じて、それぞれ寛大な刑を科する。

日本の降伏後、さらに中国の領土で他の犯罪行為を行った者に対しては、その犯罪行為を併合して処置する。

㈡日本戦争犯罪者に対する裁判は、最高人民法院が特別軍事法廷を組織して行う。

㈢特別軍事法廷で使う言語と文書は、被告人の理解できる言語、文字に訳すべきである。

㈣被告人は自分で弁護を行い、あるいは中華人民共和国の司法機関に登録した弁護士に依頼して弁護を受けることができる。特別軍事法廷はまた、必要と認めた場合、弁護人を指定して、被告人の弁護にあたらせることができる。

㈤特別軍事法廷の判決は最終判決である。

㈥刑を科せられた犯罪者が、受刑期間中の態度良好の場合は、刑期満了前にこれを釈放することができる。

最高人民検察院検察長　張鼎丞

4月25日夜、この「目下拘留中の日本の中国侵略戦争中における戦争犯罪人の処理に関する決定」が、全国人民代表大会で承認された。この報道が太原、撫順の両戦犯管理所に伝達されると、戦犯のあいだにさまざまな反応を巻き起こした。前記の『人民日報』には次のような文章があった。

確かに罪を認め、悔い改めている戦犯たちは、自分に対してどのような処分が下されようと、甘んじて判決を受け入れようと考えていた。しかし、軍隊生活も短く、罪行も比較的軽いうえ、認罪も早かった者は楽観的な中にも焦りの気持ちが生まれた。そして、罪が重く、高い階級にいた者は自分に下される判決をおそれ、ひと思いに死ぬことをひそかに望む者もいた。

戦犯管理所側はこの重要な裁判を順調に進行させるために、戦犯たちが裁判を待つ間に現れてくるいろいろな問題を解決する方法を講じた。戦犯に対して2カ月余りにわたって、「罪を認め、法に服する」教育を行った。また法廷は、裁判が速やかに行われるために順序を整え、裁判の前にすべての戦犯に起訴状を送り、弁護士を指定した。戦犯はみな真剣に起訴状に書かれた自分の罪を認め、署名した。

戦犯は拘留期間中に調査・証拠固め・尋問・罪状の真否の再確認などを経た。これらの戦犯は、中国に対する侵略戦争中に、平和破壊罪、あるいは戦争罪、あるいは人道違反罪を犯しており、あるいは二つ、三つの併合罪を犯している。具体的な人は具体的な罪をもっており、例えば、主権侵害、侵略政策の画策、遂行、特務・スパイ活動の実行、細菌兵器の製造、毒ガスの使用、虐殺、逮捕、人民大衆に対する苦役と堕落化、強姦、物資や財産の大量略奪、市町村の壊滅的破壊、

平和な住民の駆逐などの罪を犯している。

　ある者は日本が降伏した後も、蒋介石や閻錫山の反革命集団に参加して内戦を援助し、残存勢力を保存して再起を図るなど二重の罪を犯している。彼らは中国を侵略した日本軍の戦犯の中のごく一部に過ぎない。しかし、中国人民に絶大な災難をもたらした。すでに事実がはっきりした、戦犯の主な罪状に関する不完全な統計によっても、彼らの画策と参与の下に、次のような罪が犯された。

焼き払ったり、破壊したりした家屋　７８００か所、４万４千戸余り
略奪した食糧は３７００万トン余り
略奪した石炭は２万２２００トン余り
略奪した鋼鉄などの金属は３０００万トン余り
殺害した平和的な住民と捕虜は85万７０００人以上

　また彼らは潘家戴庄、北疃、巴木東、三肇など30余の大きな殺害事件を起こした。

（『覚醒・日本戦犯改造紀實』日本語訳文　羣衆出版社　1991年　84〜88頁）

寛大な処分——起訴免除となった湯浅さん

1956年6月、人民代表委員会の決定に基づき、「中華人民共和国最高人民法院特別軍事法廷」が、瀋陽と太原で同時に開廷された。2カ所で開廷されたのは、日本人戦犯には二組のグループがあったからである。

一組は敗戦後、ソ連国内に捕虜として連行され、5年間の強制労働を経験した後、中国に移管された969名の「撫順組」、もう一組は山西省で敗戦を迎え、その後、国民党軍・山西軍とともに中国共産党軍を敵として戦った140名の「太原組」である。「太原組」には軍人だけでなく、軍属、民間人などが含まれていた。

太原特別軍事法廷は、最も罪の重い9名を起訴し、禁固8年から20年という刑を決定した。刑期が確定した太原組の9名と、おなじく起訴された撫順組の36名、合わせて45名が撫順戦犯管理所に収容された。刑期には拘留期間も含めるというきわめて寛大なものであった。それ以外の戦犯は起訴免除、即日釈放の決定を聞いた。

1956年6月9日~19日、6月10日~20日、7月1日~20日、(太原、撫順で)開かれた日本の中国に対する侵略戦争犯罪人を審判する特別軍事法廷で、鈴木啓久、城野宏、武部六蔵ら45名の戦犯が裁かれた。この時は、かつて日本侵略者によって莫大な損害を受けた中国20余の省、市、区の代表、各民主党派と各人民団体の代表など1400名を超える人民が列席し、傍聴していた。

撫順戦犯管理所。新井利男撮影『撫順戦犯管理所職員の証言』（梨の木舎）より

これは中国政府と人民の日本侵略者に対する裁判であり、真理と正義の、邪悪に対する裁判であり、人類の良識のファッショ的野獣性に対する裁判である。法廷で裁判を受けた戦犯は、自分が中国侵略戦争中に犯した罪状のすべてを認めて悔悟を表明し、自分を極刑に処することを要求した。

中華人民共和国最高人民検察院は、１９５６年６月21日、７月18日、８月21日、撫順で１０１７名の日本の戦犯に対して、３回に分けて起訴免除し、即時釈放した。

撫順戦犯管理所は寛大に処分された１０００余名の日本の戦犯に対して、毎回起訴免除が宣布されるたびにその日の夜、盛大な送別の宴会を開いた。

彼らが収容されたとき、管理所が保管した一切の私物も返還された。中国紅十字会と戦犯管理所は一人一人に衣服、帽子、靴と金ペンの万年筆、毛布、タオル、石鹸など、旅行中の日用品と旅先で必要な薬などなどを支給し、また、人民幣50元を贈った。送別の宴会では釈放された人々は歌を歌い、踊りを踊り、会場は喜びと笑い声に溢れた。多くの人びとが思わず「中国万歳!」「中国共産党万歳!」と叫び、「東京―北京」、「全世界人民の心は一つ」などの歌を高らかに合唱した。

（前掲『覚醒・日本戦犯改造紀實』122頁）

釈放、そして帰国

湯浅さんは起訴免除となり、帰国を許された。

興安丸に乗船して埠頭を船が離れるとき、塘沽の岸壁では、ふたつの戦犯管理所職員をはじめ中国紅十字社、その他の機関の人びと、さらには波止場の見知らぬ労働者までがタオルをいつまでも高く振り、船が見えなくなるまで見送ってくれた。

舞鶴に上陸した湯浅さんは、家族と無事に再会することができた。永年収容所で別れてから3年半ぶりの再会であった。

再生を援けられた戦犯は、中国を侵略し、悪行の限りを尽くした日本軍将兵のうちのわずか1100名に過ぎなかった。しかし、たとえ少数であっても日中戦争が日本軍の発動による侵略戦争であることを認識し、日本軍の犯した罪行に対して中国民衆の手による審判を受けた意義は大きく、私たち日本人にとってかけがえのない機会であった。

中国政府・民衆の審判は、単に戦犯として拘留された日本軍将兵だけに向けられた審判ではなかった。それは戦争を支持し、他国への侵略を阻止できなかった日本人全体に向け、下された審判であったと私は考えている。人間として、ふたたび他国を侵略することのない国を築いてほしいと、中国の民衆は日本人に呼びかけた。ひとりの刑死者も出さず、全員が平和な家庭を築くことを願って帰国を許した。再生の機会を与えてくれた中国民衆に対して、再び同じ過ちを繰りかえさない、侵略を許さない日本を創ることを誓う以外、日本人に謝罪の方法はなかった。

１１００名を越える戦犯たちを覚醒させ、認罪へ導いた中国政府の政策には、どの

帰国時の興安丸の船上で。太原の収容所の仲間と。後列右から２人目。1956年７月３日

舞鶴港に着いたとき。中央が湯浅さん。その左側が出迎えた妻の啓子さん。1956年６月

ような経験、歴史があるのだろうか。またこの寛大政策を、最大の被害者である中国民衆はなぜ支持することができたのだろうか。以下、50年以上を過ぎた今も元戦犯たちから指導者、恩師と呼ばれ慕われている、ふたつの戦犯管理所職員の証言を聞きたい。

太原戦犯管理所職員の証言

まず、湯浅さんたち太原組の覚醒を援けた太原戦犯管理所の元所長王振東さんの証言を『偵訊日本戦犯紀實（太原）「太原日本籍戦犯管理所を追想する」』（王振東口述、王見喜・劉海峰整理、原文は中国語、日本語訳は山辺悠喜子）をもとに紹介したい。

王振東さんは1954年、山西日本戦争犯罪分子罪行調査弁公室に配属された。管理教育班長の任についたが、これは自分の本意ではなかったという。その理由は王振東さん自身、叔父を日本兵に殺されている。39年より太岳軍区（山西省北部）で教育を受けて以降、抗日遊撃隊長として戦った経験があった。多くの戦友たちが砲火に倒れてゆく光景を目にしてきた。日本兵を見れば心から憎いと思い、自分の手で殺して恨みを晴らしたいとさえ考えていた。そのような時、元日本軍戦犯たちを教育改造する任務を命じられたが、どうしてもその気にはなれなかった。それでも毛主席や周総理の指導があったからこそ改造教育を実施することの深い意義を明確にできたと語っている。長くなるが引用してみる。

Ⅰ　極東国際軍事法廷からわが国で実施された特別軍事法廷まで

我々は中華人民最高人民法院の特別軍事法廷に出現した奇跡とも言うべき現象を見てみよう。当時気炎を吐いて一世を風靡する勢いであった日本軍国主義者は、一人一人頭を垂れ、罪を認め、中国人民の最も厳しい、最も公正な判決を心から受けいれた。

裁判が始まる5日前に、「起訴状」が戦犯たちの手に渡された。被告たちは、それぞれ中国人民に犯した天をも欺く罪業に対し、正義の裁判を受け、極刑に処せられるのは当然である。決定は甘んじて受けいれ、過去の過ちを償うことを表明した。彼らは法廷が彼らのために弁護士を付けることが許されると知ったとき、皆感動した。

7年《ママ》にわたる教育によって改造され、人道的に感化された戦争犯罪者たちは、徐々に新しく人間としての道を歩くようになった。

太原特別軍事法廷の情景は、「極東国際軍事法廷」（東京裁判）で審判を受けた旧日本軍トップ・クラスの戦犯たちが、あらゆる手段を講じて人民の懲罰から逃れようとした情景とはまったくことなり、明らかな対照をなしている。ここでの裁判は一人の例外もなく、罪を認めただけでなく、さらに自分の罪業を補足さえした。それは彼らが真面目に罪を認め、罪を悔い、罪を償い、罪に対する謝罪の具体的表現に他ならない。

Ⅱ　前代未聞の奇跡が起きた源は艱難辛苦の改造工作であった

帝国主義戦争の能力を徹底的に消滅させ、自国を民主と法治国家にすることは第二次世界大戦の終結以来、中国人民の祈願であった。この実践に努力することは偉大な思想戦略である。なかでも戦犯を改造することは差し迫った緊急任務だった。

党中央は毛主席、周恩来総理を中心に、中・日両国人民の素晴らしい未来を創ることに全力を尽くした。党と国家が日本の戦犯に対する政策制定を行うと同時に、計画に従い、政策を貫徹執行させるために多くの工作員が艱難辛苦をともなう綿密な仕事を行った。

周総理は、詳しく丁寧に日本戦犯の改造と教育に当たる同志たちが、偉大で光栄な意義深いこの事業を理解するように教育された。

周総理は、「日清戦争以降、日本は中国を侵略、特に1931年「九・一八事変」より、中国内地に侵入し、中国人民の生命財産に重大な損失を与えた。これにより我々は日本に対し深い恨みを抱いているが、日清戦争より今までに99年が経過している。これは両国友好二千年の歴史から見れば、一時的なごく短いものである。我々は努力してこの間の事を忘れ、恨みを忘れて、友好を育てなければならない」と述べられている。

この言葉は周総理の偉大な無産階級革命家の心からの思い、洞察、分析を示したものだ。この100年来の中・日両国の対立、対抗を処理する上で、日本の中国侵略は相対的に短い歴史だと解釈された。これは深くて、広い度量にささえられた総括であり、戦犯に対してどのように接するかの問いに答える出発点であった。早くも、日本戦犯を収容する初期に、周総理は志高く、しかも意味深長に「日本の戦犯処理に対しては一人の死刑を出さず、一人の無期徒刑を造らず、刑の判決はできるだけ少なくするように。20年後になったら、20年前の仕事の偉大さと栄光がはっきり見えるだろう」と言われた。これは遠い将来を見越した卓見と英明の決定であった。

我々は総理が明らかにされた政策と具体的な方法にしたがって、無産階級社会改造の任務である人類改造の偉大な歴史的使命を果たした。社会主義的人道主義教育で一人も殺さず教育し、改造する政策方針を実行した。我々の党と政府が日本の戦犯に対して民族的報復を行わない政策を実施したことは、一種の革命的「仁政」であり、革命的人道主義を以て改造する教育である。

我々の具体的な工作はその時々、事々に各所に思想認識の上で党の要求と一致した。これは私がいた太原の日籍戦犯管理所での教育改造工作の状況から、全面的にこれら戦争犯罪者が心から誠を以て頭をたれ、罪を認め、平和の使者となったことを見れば理解できるだろう。

太原日籍戦犯管理所はもとの「山西軍区日本戦犯管理所」で、1938年に設立された。ここは元閻錫山が山西人民を鎮圧し、愛国人士や中国共産党員を虐殺した監獄であった。後に日本侵略者が太原を占領してから、日本軍が中国人民を惨殺する集中営（監獄）として使用した。

太原解放後、山西省公安庁は戦犯改造に良い環境を整備するため、大々的修築を実施した。監房や事務室の壁を塗り替え、ベッドや生活用具を整え、食堂や運動場などを修復、医務室や図書室などを整備した。その設備はけっして中等学校にも引けをとらないものだった。

この監獄に来たときの彼らは国際法の定めに違反し、人道主義の原則に違反し、凶悪の限りを尽くした、我々の不倶戴天の仇敵であった。

革命的人道主義を貫徹するための闘争と感化、これは我々が日本の戦犯に対して始めから終わりまで守り通した重要な原則だ。我々は彼らの人格を尊重し、罵ったり殴ったり、体罰を加えず虐待せず、供述を強制することは絶対に禁じた。

出獄後は侵略に反対し、平和を守り中・日友好を促進する友人となった。この天がひっくり返るような変化は、明らかに戦犯管理所という特殊な学校で、中国人民の艱難辛苦の教育改造の結果作り出された空前の奇蹟である。

湯浅さんの証言にあるとおり、太原戦犯管理所の指導員たちはあるときは厳格に、またあるときは優しく柔らかな態度で戦犯たちに接していた。その陰には王振東さんの発言に見られるように、戦犯の管理にあたる職員に対して周到な思想教育がなされていたのであった。

撫順戦犯管理所と呉浩然指導員

撫順戦犯管理所は太原より規模が大きく、ソ連に抑留されていた日本人捕虜969名と、溥儀をはじめとする旧「満州国」の要人61名が収容されていた。ここでも、戦犯の管理が職務と知ると職を辞退する者が続出した。多くの職員は「満州国」時代、あるいは日中戦争中にさまざまな被害を受けていた。日本軍によって家族や肉親、または村落の友人知人の多くを殺害された経験を持っていた。ある職員は幼い日、日本軍の掃討作戦によって家族8名のうち7名が殺され、彼ひとり生き延びることができた。戦犯管理所で働けば、あの残虐な日本侵略者を処罰し、国と家族の仇が討てると大いに期待して赴任してきた。しかし彼の望みはかなえられず、戦犯を認罪に導く役を引き受けることになった。

呉浩然さん。中帰連提供『中国撫順戦犯管理所職員の証言』（梨の木舎）より

中国側は、当初、引き渡される戦犯は官位の高い指導者階級を想定していたという。しかし、7割が若い尉官級以下の戦犯であった。この尉官以下の管理教育にあたった指導員のひとりに、呉浩然さんがいた。呉浩然さんは戦犯管理所の指導員であったと同時に、帰国後も戦犯たちから恩師と慕われ、人生の最期を迎える日まで「教え子」の身を案じ、遠い中国から、元戦犯一人ひとりに手紙を送りつづけた。

私が中国の戦犯政策を知りたいと考えるきっかけとなったのは、1992年に呉浩然さんがある中帰連会員に送った1通の手紙であった。

（前略）

歴史を顧みれば、私たちの友誼は一般の友誼とは違うものであります。

私が貴方たちと初めて会いましたのは1950年7月、蒸し暑い夏でありました。ソ聯から有蓋貨物車両に詰めこまれて、中ソ国境の街、綏芬河駅に到着した1000人が蒸し釜のような貨物車箱から降りたった。あなた方は、一人一人名前を呼ばれて、中国専用客車に乗り換え、牡丹江、ハルビン、長春、瀋陽を経て撫順城駅に到着しました。解放軍に保衛されながら約3㎞の道を歩き、到着したところは高い塀に囲まれた、院内に大きな鉄の扉をもつ戦犯管理所でした。鉄格子の嵌められた部屋に入れられ、扉には鍵がかけられました。それは実に第二次世界大戦の縮図でありました。

然し、毛沢東、周恩来を頭とする中国共産党は皆様に、「人間と生まれて、人生いかに生きてゆくべきか?」というテーマを出し、前半生を反省し、人生哲学を究明する時間を与えました。私はその時、皆様が真理を探究する学習の相談役を担って、青春の熱情を捧げてきました。厳粛なる歴史時代、特殊なる環境下ではありましたが、互いの身分は異なるとしても、人生観において目標を共にし、理想を共にし、「反侵略戦争・世界平和・中日友好」を目標とした、共同なる理想のもとに結ばれた、我等の友情は深いものでありました。あの時代を思い偲ぶとき、今も懐かしい思い出として目の前に浮かぶのです。

綏芬河で初めて会いました時から数えてすでに半世紀近い年月が流れていきました。この長い年月に我等の友情は複雑なる実社会において苦難と曲折を乗り越え、激しい波乱の試練を受けましたが、いかなる風波にも揺るぎない友情となりました。親友であり、同志であり、兄弟である中帰連友人皆様の前で何を言えないことがあるというのでしょう。

私はもともとから頭が利口でなく、馬鹿真面目で人と人の間、複雑なる社会に於いて、法螺を吹いたり、煽り立てたりして上級の顔色を見て要領よく点数を取るようなことを知りません。「正しい」と思ったらいかなる反対、妨害があっても屈せず執行した結果、色々と酷い目にもあいましたが……。

しかし、真理は私の方にあったから長い時間を経た後には、私を吊るし上げ、殴りかかってきた人たちも最後には全て私の手を取り泪を流しながら謝りました。

以上の如く私はこの70余年の生涯における深刻なる経験を通じて、私利私欲がなく、正義なる事業のために行なったことは、最後には必ず歴史の正しい結論を受けると思うのであります。［著者注・文章はすべて呉浩然さんの自筆による日本語］

また別の会員への手紙には次のような一節がある。


私は50年代、毛沢東、周恩来を頭とする中国共産党の国際主義、人道主義政策を執行した一職員であります。人道主義政策の下に、正義と真理を悟った千人の戦犯が帰国後、中帰連を組織して「反侵略戦争・平和・日中友好」を宗旨とする世界平和を守る最前列に立って奮闘している事実を知ったとき、周総理は「彼ら元日本戦犯の思想改造とその実践は歴史上の奇跡である」と高く評価しました。これは崇高なる中帰連精神に対する高い評価であり、中帰連の栄誉でありました。

この偉大なる成果は戦犯管理所職員全員の忠実なる努力の結晶であり、千人の会員が帰国して自己犠牲を恐れず波乱曲折を乗り越えて、弛まず奮闘してきた成果であります。（後略）

呉浩然さんはじめ、戦犯管理所職員の戦犯に対する一貫した指導は、抗日戦争中、また、中国人民解放軍の歴史的な経験を通して、捕虜を教育し、改造して味方にするという優れた政策に基づいている。

呉浩然さん一家は朝鮮羅津の出身で、祖父の代に中国と朝鮮の国境長白山の北側に移住した。祖父は日本軍のシベリア出兵（1918〜1922年）の時、結集した日本軍によって激しい拷問の末、殺害されている。さらに両親は吉林省敦化に安住の地を求めて定着した。1919年、ここで呉浩然さんは生まれた。祖父に次いで父親と叔父も日本の官憲によって抗日分子とみなされて、検挙されたうえ、獄死している。この延辺地区（現朝鮮族自治区）は、古くは17世紀から広い耕地を求めて、あるいは交易を目的に移住する人が増えた。また日本による朝鮮統治時代には故郷を追われた人びとが多く移り住んだ土地であり、抗日勢力の根拠地でもあった。日本軍や官憲は厳しい弾圧姿勢で朝鮮族の取り締りを行った。

反満抗日組織の中で成長した呉浩然さんは1945年9月、中国人民解放軍に参加し、解放戦争を戦う。日本の敗戦を機に、中国東北部では共産党軍と国民党軍の壮絶な戦いがはじまっていた。特に長春、瀋陽での戦況は、日ごとに変化して、兵士は食糧を得ることさえ難しい状況にあった。飢えと疲労は双方に多くの捕虜を発生させた。このとき共産党軍は国民党軍の捕虜に対し、自分たちの食事を分け、故郷へ帰る旅費を支給していた。この噂が広まるにつれ、国民党軍兵士の投降がつづいたという。

呉浩然さんの捕虜に対する経験はこのときにはじまっている。

1950年4月、30歳になっていた呉浩然さんは、東北軍管区から東北人民政府司法部直轄の撫順戦犯管理所へ転属を命じられる。呉浩然さんが日本語に堪能であったことも配属の動機になったと思われる。

ここで、もうひとりの中帰連会員のインタビューを紹介したい。元関東軍憲兵三尾豊さん（1998年逝去）の語る呉浩然さんの若い日の姿である。

三尾さんは大連憲兵隊本部、分隊に勤務していた時代、抗日情報組織を摘発した「大連事件」にかかわった。この事件の首謀者（中国共産党員）を含め4名を731部隊まで連行し、殺害に至らしめた張本人として消せない記憶を抱えて、帰国後の40数年を生きている。

1997年10月、731部隊犠牲者遺族から起こされた賠償を求める裁判で、癌に冒され、限界に近い肉体を押して法廷に立ち、日本兵として初めて加害の事実を証言した。三尾さんは証言を終えて8カ月後、しずかに逝った。

三尾さんは敗戦直後、勤務地だった大連からソ連領に連行された。中央アジアのウズベキスタン、コーカンド地方などの捕虜収容所を移動させられ、すでに5年間の強制労働を経験していた。

1950年6月、行き先も告げられないまま、貨物列車に積みこまれて東へ向かったときは、もしかしたら帰国できるかもしれないと希望を抱いた。しかし列車はその後、方向を変えて南へ南へと進んだ。列車が止まったのは、呉浩然さんの手紙に出てくる綏芬河の駅であった。

収監された戦犯の中には、「満州国」時代の撫順市警察局長、監獄の典獄長、第二分監獄の責任者、警尉などかつてこの監獄に勤務していた者も含まれていた。

三尾さんたちは各部屋に割り当てられて間もなく騒動を起こす。各部屋の壁に貼られていた「撫順戦犯管理所規定」にある、「戦犯」という文字に反発したのである。「自分たちは捕虜であって、戦犯ではない。無条件に釈放すべきだ」と壁の監房規則を剥ぎ取って踏みつけた。

呉浩然さんは代表のひとりと話し合い、戦犯たちを落ち着かせたうえで、その行動をどう思うかと尋ねた。監房規則を剥ぎ取ったことを戒め、今後は規則を守ることを約束させただけで、処分はなかった。この時点で三尾さんたちを「戦犯」と呼ぶことをさけ、ただちに対策を管理教育科員たちと話し合っている。

呉浩然さんは言う。

　この事件は大変重要なことであり、刹那的に気炎を上げて騒ぎを起こしたものでないこと、他方では今、戦犯たちがどう考えているのか私たちがはっきり理解していないこと、状況が不明瞭の下で矛盾を募らせては彼らに対する管理教育上にも不利だと考えた。

　私はこれら日本戦犯が撫順戦犯管理所の鉄の大門を入って来た時のさまざまな

表情、行動を思い出し、安易に処罰してはいけないと感じた。

あの時、彼らのある者は頭を垂れて青ざめ、ある者は胸を張り足音高く揚々と入って来た。戦犯たちのさまざまな顔色、表情・態度は新中国を蔑視し、おめおめと中国人の囚われの身にはならないことを示し、また恐怖、制裁、死という絶望的気分をも物語っていた。

彼らが「戦犯」とか「捕虜」の言葉に大いにこだわるのは、わが国政府に彼らを「捕虜」として取り扱うようにさせることによって帰国を早めることができると考えたからである。

管理所は私たちに数回にわたって調査をさせ、理解できた基本状況を中央に電報で報告した。中央の指導者は電報を受け取ると直ちに指示を出した。

周恩来総理は戦犯の管理教育過程で、「一人の逃亡者も出さず、一人の死亡者も出さず」を成し遂げるよう要求した。私たちは中央指導部のこの指示を全うするために注意を重ね、職責に励み、工作に努めた。

(『中国撫順戦犯管理所職員の証言』新井利男資料保存会編　梨の木舎　2003年　202頁)


戦犯たちのあせり、あがきを理解することから始めようと対話を試みる管理教育科の職員たちは、その多くが日本軍の被害者だった。しかし戦犯の中には管理教育科の職員を敵視して、反抗し罵るようなことがよく起こった。ある戦犯は医務担当者の指

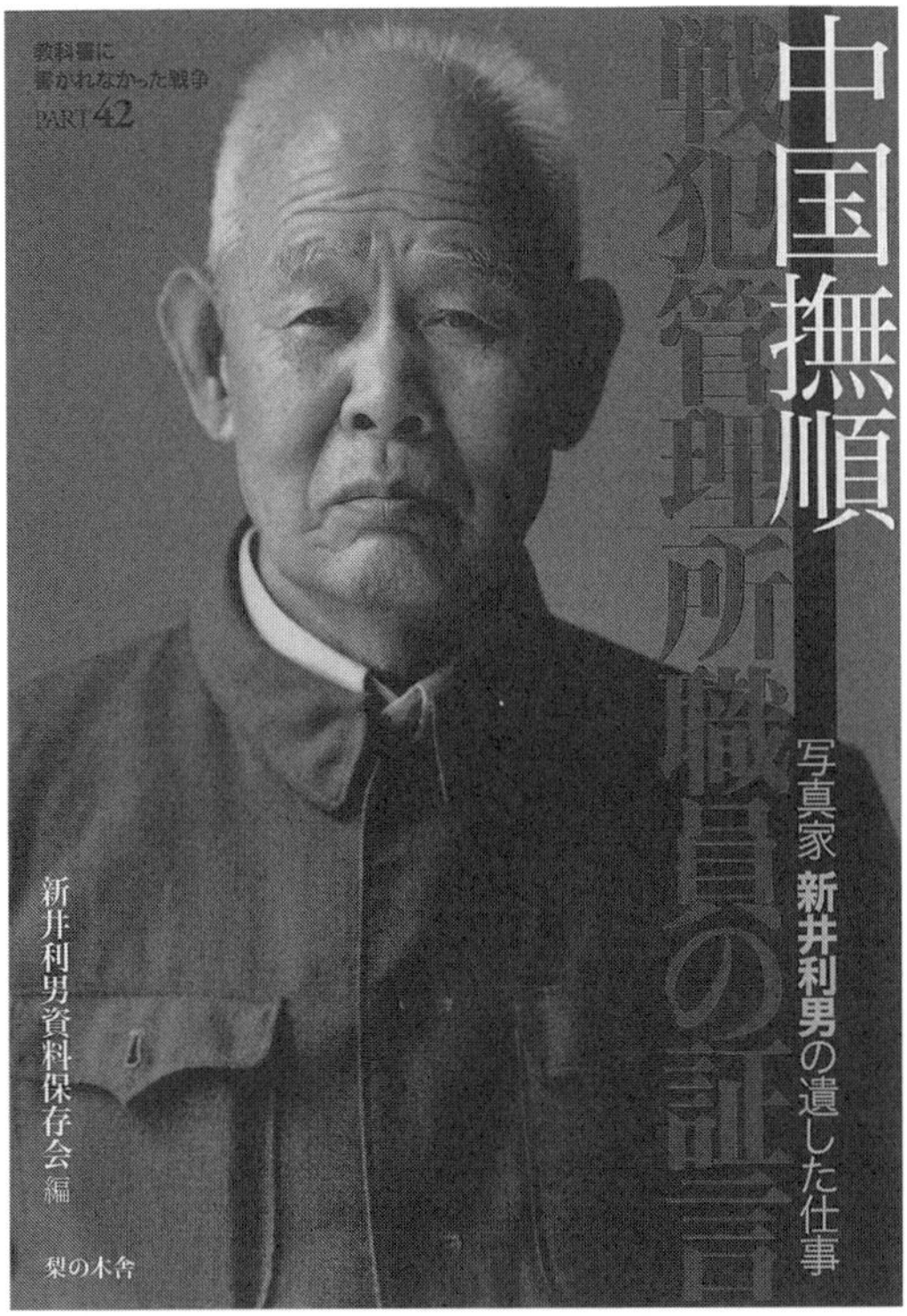

示を無視して、配られた薬を飲もうとしなかった。さらに、絶食で抵抗し、管理所の指導者との話しあいを紙に書いて要求した。

　三尾さんたち尉官級以下の戦犯の反抗は、なぜ自分たちだけが戦犯として囚われなければならないのか。戦犯とは戦争を計画した者、指揮した者、直接的には関東軍司令官、部隊長、憲兵隊長、特務機関長など、いくらでも責任を取らなければならない人間がいるではないか。それに比べたら自分などとるに足りない将校のはしくれに過ぎない、という鬱屈した思いを表明したものであった。彼らの眠れない夜がつづいた。

　三尾さんにとって、戦犯管理所の生活は矛盾と葛藤の日々であった。長いあいだ自分が戦犯であるということに、どうしても得心することができなかった。

　呉浩然さんをはじめ、管理所職員は懊悩する戦犯たちのあせり、あがきを理解するために、対話をはじめようと努めた。

　日本戦犯の反抗的感情と管理所職員たちの戦犯への憎悪の感情は互いに折り重なって、党の教育、戦犯改造政策の遂行に重大な障害となった。そのため管理所の指導者は何回も職員全体会議を開いたり、職員一人ひとりを訪ね胸襟を開いて話し合いを持ったり、あらゆる方法で党中央が指示する精神の学習を重ねた。

戦犯改造工作の重要な意義について、認識を深め、感情をもって事にあたらないよう、そしていつでもどこでも必ず新中国の工作員としての誇りを失わず、苦労を厭わない、恨み言を言わないで戦犯改造に励むよう要求した。

新中国の為政者は、戦犯たちに悔悟を求める以前に管理所職員自らの思想改造に着手しなければならなかった。かれらが党中央が志向するところを理解し、納得するまで、討論、説得をくりかえさせたのである。

収監されてまもなく、朝鮮戦争の激化にともない国境に近い撫順は空爆にさらされるおそれから、三尾さんたちはハルビンにあるふたつの監獄に避難させられた。そのひとつ、呼蘭監獄の責任者はあの綏芬河からの列車内で声をかけて回っていた小柄な人だった。通訳とばかり思っていたその人が、三尾さんたち下士官以下を担当する県浩然指導員だった。

朝鮮戦争の推移は三尾さんの中国人に対する意識を変えた。

「日本軍が勝てなかったアメリカ軍に朝鮮軍が勝てるはずがない」、三尾さんはそう思い込んでいた。ところが、人民解放軍が朝鮮軍支援の義勇軍を募り、朝鮮軍と協力してアメリカ軍と戦っている。中朝国境に迫るアメリカ軍を38度線まで追い返し、停戦に持ちこんだというニュースは三尾さんを驚かせた。同時に中国人民志願兵の強さが、祖国愛と人道的正義にもとづくものであることを認めないわけにはいかなかった。朝鮮戦争が危機を脱するころ、呼蘭監獄にいた尉官級以下の戦犯たちは撫順戦犯管理所に戻された。三尾さんはいつしか、日夜接してくれる指導員に対して、素直になっている自分を発見する。

戦犯たちは、侮辱しても、罵声をあびせても、態度を変えることのない管理所職員たちに驚きと敬意を抱きはじめ、ようやく自分たちの非礼に気づいた。そして戦犯管理所の職員とのあいだに、三尾さんの言う師弟関係が築かれていった。それは戦犯たちが再生するはじまりでもあった。

指導員たちは、中国人民に与えた罪行を認識するだけでなく、戦犯たち自身も日本帝国主義の被害者であり、中国まで侵略し、残虐行為を犯す兵士となった根源的な問題も含めて認識を求めていた。

2年、3年かけて戦犯たちはようやく自分たちが「捕虜」ではなく、「戦犯」であることに気づき、自分の過去を語りはじめる。それはやがて罪の告白となり、認罪へとつながっていった。

1954年3月、戦犯管理所に多数の取調官が送り込まれ、969名の本格的取り調べが開始されるというその日、呉浩然さんはいまだに自分たちの犯した罪の深さに気づこうともしない日本人戦犯に向かい、涙を流して訴えたという。

どうしてお前たちは自分のことしか考えようとしないのか。中国に侵略してからの自分を反省したことはあるのか。お前たちが血刀下げて中国へ侵略したことによってどれほどの中国人民が苦しんだことか。憲兵隊の庭でどれだけ無実の人が恨みをのんで殺されていったかを考えたことがあるのか。お前たちは一度でも被害者の身になって考えてみたことがあったか！

（元関東軍憲兵土屋芳雄（中帰連会員。故人）さんへのインタビューから）

呉浩然さんの血を吐くようなこの言葉は、三尾さんだけでなく、戦犯たちの心に突き刺さった。「どれだけの中国人を苦しめたか」。呉浩然さんの叫びは、寛大政策により不起訴処分となって帰国した後も、戦犯たちの脳裏を離れることはなかった。撫順戦犯管理所での印象をたずねたとき、中帰連会員の多くがこの呉浩然さんの言葉を思い出にあげた。

呉浩然さんの苦難

不起訴になった戦犯たちを見送って間もない1957年6月、「反右派闘争」によって、呉浩然さんは右派のレッテルを貼られた。反右派闘争とは、民主諸党派や文化、教育界などを中心に起こった体制批判に対して、中国政府がブルジョァ右派思想として追及し、多くの知識人たちを追放した闘争であった。78年には大部分が名誉回復され、行き過ぎの誤りが認められたが、呉浩然さんはこの罪に問われ、トンガリ帽子をかぶせられ、罪状板を首にかけられて、職場闘争や大衆闘争の場に引き据えられた。激しい攻撃は家族にまでおよんだ。

呉浩然さん一家は毅然としてこの群集と対峙した。妻の全曽善さんは「私の夫は優れた中国共産党員です。党と国家を裏切ったことはありません。私たち家族は呉浩然を信じています。右派ではありません」と抗議した。しかし、呉浩然さんは6年の刑を宣告され、労働による改造を科せられた。家族も市民権を剥奪されたうえ、撫順市内を追われて農村へ移住させられた。呉さん一家は離散を余儀なくされ、困難な生活を強いられた。

右派のレッテルを貼られた家族は、食糧の配給は少なく、人の嫌がる仕事を割り当てられる。賦役にもまっさきに狩り出される。子供の進学も一切認められず、大学教育はもちろんのこと、中等教育も認められないという過酷なものであった。

呉浩然さんの右派分子としての生活はその後も長くつづき、ようやく刑期を終え復権の兆しが訪れたころ、再び「文化大革命」(以下文革と略)の嵐が吹き荒れ、またも反革命のレッテルを貼られ、撫順に帰ることはかなわなかった。文革の嵐の中で幾度か肉体的暴行を受け、それによる聴覚障害を抱えたままその後を生きている。

文革では、管理所で日本人戦犯の改造に携わった人びと全員が反革命の烙印をおされ、下放［著者注・学生、知識人を農村へ移動させること］や重い罪を科せられていた。日本の軍国主義者たちを覚醒に導いたことが罪と批判されて、職員たちに悲運をもたらした。

　１９７６年10月、文革が四人組の逮捕によって終息すると、呉浩然さんの名誉は回復された。奪われていた権利も元に戻されて、幹部の位置に復帰する。家族との再会も果たされた。しかし、家族の受難はその後も取りもどされることはなかった。

　三尾さんはじめ中帰連会員は、連絡が取れなくなった恩師の消息を知りたいと願っていた。１９８３年の訪中で、27年ぶりに恩師呉浩然さんに会うことができた時、はじめて恩師の悲運を知り、愕然とする。

　呉浩然さんはじめ、戦犯管理所職員全員の存在が１０００人余の戦犯の覚醒に強い影響を与えたことは、帰国後出版された多くの戦犯たちの手記、個人史に現れている。

　中帰連会員は１９８４年10月、撫順、太原戦犯管理所の元指導員、職員8名からなる訪日団を迎えた。中帰連会員は、撫順で、太原で示された指導員、職員の熱意が自分たちの再生につながったことに対し、くりかえし感謝の気持ちを表わさずにはいられなかった。管理所職員は日本各地で中帰連会員と懇談した。

　10日間の滞在を終え、送別の宴で呉浩然さんは、中帰連の招待に感謝する言葉としてこう語ったという。


　皆さんは到るところで涙を流し、手を取りながら懐かしい当時のことを語ってくれました。私もまた当時を思いおこし涙が流れます。
あなたたちが私に対し感謝するということは、それは中国人民に感謝することだと思います。
私は中国共産党の人道主義政策を実行した者でありますから、皆さんが私に感謝するということは、それは中国共産党に対するものであります。帰りましたら、中国人民に皆さんの熱狂的な歓迎について伝え、喜んでいただくようにします。

また1992年10月、呉浩然さんは妻の全曽善さんとともに中帰連の招待でふたたび来日している。1978年に呉浩然さんの名誉が回復されるまで、夫妻は一体となって生きてきた。
中帰連会員との2週間の交流を胸に、帰国した呉浩然さんは会員一人ひとりに自筆の礼状を寄せたという。

中帰連の友人から招待を受けて、10月2日から15日まで、私たち夫婦ともども訪日することができました。これは私にとって42年間の工作の総括であり、意義深い歴史の記録の1ページとなるものです。

しかし、この再会を最後に中帰連会員は、恩師呉浩然さんに会うことはかなわなくなった。翌1993年7月、42年間の仕事の総括を確かめた8カ月後、呉浩然さんは静かに逝去された。享年74歳と聞いた。

日本軍、中国軍の捕虜政策

太原、撫順ふたつの戦犯管理所で行われた日本将兵に対する思想改造は、呉浩然さんをはじめとする管理所職員の献身的な努力に支えられていた。人間は必ず変わるという信念に基づいた戦犯政策は、どのような背景から生まれたのだろうか。

日本国内には、「新国家の建国につづき、朝鮮戦争がはじまるなかで、新中国の国際的承認を得るための政治的配慮であった」といった見方もある。

しかし、調べていくと、そうした一時的、政略的なものではなく、戦犯管理所の原点は、すでに日中戦争初期の捕虜政策にあることが明らかになった。

1937年3月、盧溝橋で日中戦争の戦端が開かれる4カ月前、国民党と共産党のあいだに抗日に向けて統一戦線が成立した（第二次国共合作）。共産党軍は国民党軍の指揮下に入り、国民革命軍第八路軍・新四軍となって抗日戦の前線に立った。同年10月15日、国民政府軍事委員会はジュネーブ協定にもとづいた捕虜優遇政策、「俘虜処理規則」を制定、公布した。共産軍も10月25日、「対日軍俘虜政策問題」を制定する。

双方ともに、捕虜の人格、名誉の尊重、外交手段を通じた家族との相互通信の自由、凌虐・恐喝・詐欺手段の禁止、死亡捕虜の埋葬と家族への通知、私的物品、金銭、書類等の没収の禁止など、捕虜の扱いが細部にまで決められていた。人道主義を理念として、やがて大量に発生が予想される捕虜問題に対処する規定であった。のちに、この俘虜優遇政策に触れ、捕虜になった日本軍兵士の中から反戦兵士が生まれ、反戦同盟が結成される。共産党軍だけでなく、国民党軍の捕虜の中からも反戦兵士は生まれていた。

（前掲『日中戦争下中国における日本人の反戦活動』47頁）

日本軍の捕虜政策

中国の捕虜政策に対して、日本軍はどのような捕虜政策を持っていたのだろうか。まず、自国の兵士に向かい捕虜になることを禁じる日本軍の捕虜に対する考え方を極東国際軍事裁判（東京裁判）における東条英機の発言からみてみる。

日本に於ては古来俘虜となるということを大なる恥辱と考へ戦闘員は俘虜となるよりは寧ろ死を選べと教へられて来たのであります。これがため寿府条約を批准することは俘虜となることを奨励する如き誤解を生じ上記の伝統と矛盾することがあると考えられました。そうして此の理由は今次戦争の開始に当たっても解消いたしておりません。

（『東条英機宣誓口述書』東京裁判研究会編　洋洋社　1948年）

ジュネーブ条約は、東条が述べているこの理由によって陸海軍に反対され、日本政府は閣議で批准できなかった。それどころか、1941年1月には東条陸軍大臣の名で、戦時下における将兵の心得として「戦陣訓」（軍人の戦場における訓へ）が全陸軍に通達された。

恥を知るものは強し。常に郷党家門の面目を思ひ、愈々奮励して其の期待に答ふべし。生きて虜囚の辱を受けず、死して罪禍の汚名を残すこと勿れ（戦陣訓本訓其の二）

「戦陣訓」は、戦況が長引くにしたがい、軍紀の乱れ、指揮官に対する命令違反が頻発する戦場の軍紀を是正する必要から全軍に示達された。「戦陣訓」は、「軍隊は天皇に直属する」と謳った「軍人勅諭」（1882、明治15年）を基本に作られ、日本軍の精神教育の基礎であった。本訓其の一は、「大日本は皇国なり」ではじまり、天皇の永遠の君臨を宣言している。また、戦陣訓示達の2カ月後に、日本兵が捕虜になったときの心得をつぎのように指示している。

若シ夫レ重傷ヲ負ヒ遂ニ敵ニ捕ヘラルルノ已ムナキニ至リシ者ニ対シテハ心中同情ニ堪ヘサルモアリ雖《ママ》トモ日本軍人ハ理由ノ如何ニ拘ラズ生キテ虜囚ト為ルヲ以テ最大ノ恥辱トナシ且軍人トシテノ生命ヲ失ウモノナルヲ銘肝スルヲ要ス

（『日本軍の捕虜政策』内海愛子著　青木書店　2005年　136頁）

負傷した自国の兵士に対し、捕虜になる前に自決することを強要する日本軍は、当然ながら、相手国の捕虜も作らない方針を貫いた。東条英機と同じく、当時参謀本部にいて、捕虜を扱う部署の責任者であった武藤章は、東京裁判に提出した尋問調書（1946年4月）のなかで次のように述べている。

中国人デ捕ヘラレタ者ヲ俘虜トシテ宣言スルカ否カノ問題ハ全ク問題デアリマシタ。ソシテ1938年（昭和13）年ニ遂ニ、中国ノ戦争ハ公ニ「事変」トシテ知ラレテヰマスノデ、中国人ノ捕ヘラレタ者ハ俘虜トシテ取扱ハナイトイフ事ガ決定サレマシタ、シカシ乍ラ、此ノ度、モシ宣戦ガアレバ、全テノ捕ヘラレテヰタ者ハ捕虜トシテ取扱ハレルコトニナリマシタ

（前掲『日本軍の捕虜政策』128頁）

国民党軍の捕虜優待政策

国民党の蒋介石は1938年1月、参謀会議で「捕虜優待は戦時軍人が持つべき道徳で、敵軍を瓦解させる最も重要な方法」であると訓示した。さらに敵情研究の材料不足を強調し、捕虜を優待することは敵情を尋問でき、各種戦利品も敵情研究の最も重要な材料となる」という考えのもとに、捕虜優待政策を決定していた。捕虜の殺害を許さず、速やかに指導部まで護送すること、大小にかかわらず鹵獲《ろかく》品はすべて指導部を経て軍事委員会に送り、保管研究することが全将兵に伝達された。捕えた兵士の官位、また鹵獲品によって褒奨額を設けるなど、日本兵を捕虜にする際の保護策を講じた。民衆が日本兵を捕えた場合も奨励金を与えるとされた。

抗日戦を「侵略者に対する戦争、公理の強権〔著者注・国家の持つ行政上の権利〕を守る戦争、民族生存と国家自由のための革命戦争」と位置づけていた蒋介石は、抗戦を維持すれば、必ず勝利すると将兵を鼓舞した。日本軍は長期戦に弱く、日本軍が姦淫、焼殺等の蛮行を重ねることにより、中国人民の団結は一層強まると確信し、民衆の信頼を梃子に軍と民との共同抗戦を呼びかけていた。

しかし、捕虜優待に褒賞をつけても、中国人による日本兵捕虜殺害は容易になくならなかった。民衆に対して「なぜ殺すのか」と問うと、「日本鬼子はいたるところで姦淫し、略奪し、同胞を殺している。あまりに悔しい。だから仇を取っているのだ」という答えがかならず返ってきた。

1941年4月、蒋介石の参謀のひとり、武執戈は自書『優待俘虜政策』のなかで、なぜ捕虜優待政策が必要なのか、蒋介石の訓示をふまえつつ、つぎのように説明している。

捕虜優待は敵軍に対する政治工作の最も重要な一部分であり、政治面から敵軍を動揺させ、瓦解させる重要な方法であり、（中略）単純な人道主義ではなく、中国民族解放戦争の過程で中日両国民が、反侵略統一戦線を結成し、共同で日本帝国主義に抵抗する可能性、必然性から決定された。

（『日本人反戦兵士と日中戦争』菊池一隆著　御茶の水書房　2003年　32頁）

また、捕虜優待政策を実施する理由はつぎの点にあると説明している。

抗戦は民族解放の三民主義的革命戦争である。日本帝国主義に反対するが、日本人民に反対するものではなく、世界平和を求め、日本人民の解放闘争を援助するものである。日本軍部、地主、資本家と日本民衆の間には矛盾対立があり、侵略戦争は日本の民衆にとっても有害である。抗戦は日本民衆の共鳴を勝ち取ることができ、同一線上で日本帝国主義に反対できる。

ではなぜ優待政策が重要なのか。

日本の軍事は非常に強大であり、一般には最新式武器の配備、近代的で厳密な軍事組織を有する。これは物質的条件だけで、最も重要な精神的条件では日本帝国主義により、大多数の民衆と兵士の頭脳には「忠君愛国」「武士道精神」、狭い民族主義思想、中国蔑視などの心理が充満している。近代的武器にこうした頭脳が加わって日本は強大な軍事力を構成している。そこでその軍事力から精神的支えを失わせる、捕虜となった後は完全に我々の支配下にあり、侵略能力を失っている。我々は一人の日本帝国主義の戦闘員としてその肉体を消滅させることはできない。なぜなら、彼らはすでに一人の日本民衆となっているからである。彼らが以前、同胞を何人殺害したかにかかわらず、友とみなし優待し改造する。

日本兵はなぜこのように残酷なのか。

それは天性のものではなく、彼らは元来平和な人々で、日本民衆なのである。自ら願って中国に来て中国人を惨殺しているのではない。日本軍部に強制され中国で戦争せざるを得ないのだ。したがって日本兵の暴行は本質的に日本兵のものではなく、日本帝国主義が責任を負わなければならない。恨みは日本兵ではなく、日本帝国主義に向けなくてはならない。

（前掲『日本人反戦兵士と日中戦争』32～35頁より）

ながびく戦争に厭戦気分が生まれはじめていた日本兵に逃亡をよびかけ、逃亡後の安全を保障するための通行証も散布した。これには日本語で、「これを持って抗戦軍の方に来れば反侵略の国際友人として招待され、日本人抗戦将士の仲間に入れてもらうことができます」と書かれ、その右に中国語で「我方の将士、官員、及び民衆へ。この通行証を持って投降した日本将兵に会った場合、武装解除後、優待し、高級司令部、あるいはその他の政府機関に護送する。侮辱したり、その私財を没収してはならない」と書かれていた（前掲『日本人反戦兵士と日中戦争』 136頁）

「彼らが以前、同胞を何人殺害したかにかかわらず、友とみなし、優待し改造する」「日本兵の暴虐的行為の数々は、兵士の生まれながらのものではない。日本帝国主義教育によるものであって、彼らは自らの意思で中国に来たのではない」

15年後、ふたつの戦犯管理所で1100名の戦犯たちは同じ言葉をくりかえし聞いている。新中国の戦犯管理政策には、国民党政府の捕虜政策を貫いていた思想が深く底流となっていたことは疑いを入れない。

しかし、国民党政府は日本敗戦後、1946年（昭21）5月から1949年（昭24）1月までのあいだに日本軍人に対し、刑死者149名を含む883名を「人道に対する罪」にあたると、中国の法律にてらして裁いた。（『あるB・C級戦犯の戦後史』富永正三著　水曜社　1996年　174頁）

新中国政府による太原、撫順の戦犯管理政策が、「奇蹟」といわれる所以《ゆえん》はここにある。

共産党軍の捕虜政策

国民党政府の捕虜政策、日本兵に対する反戦活動は、共産党との離間にともなって次第に抑制され、捕虜の意識改革に重点が置かれるようになった。

一方、中国共産党軍は、１９３７年10月、「対日軍俘虜政策問題」を発表した。指揮下の八路軍・新四軍に、遊撃戦、投降等で捕虜となった日本軍人、軍属にたいする政策を各前線の司令部に指示した。

> 日本人捕虜に危害を加えたり、侮辱したりしてはならない。彼らの個人的所有物を没収するな。傷病者には医療、看護にあたれ。帰りたいものは帰してやり、中国で働きたいものには仕事を与え、勉学したいものは適当な学校に入れよ。家族や友人と文通したいものには便宜を与えよ。戦死した日本人は埋葬し、墓標を立てよ

さらに、日中戦争3周年記念日にあたる１９４０年7月7日、共産党軍が出した「日本人捕虜に対する政策」は、１９３７年の国民政府軍事委員会「俘虜修理規則」より具体的に優待政策が規定されている。

(1)日本兵士で捕らえられたか自発的に来た者には絶対負傷させたり、侮辱したり

してはならない。所持品は軍事上必要なもの以外、一律に没収や破損させてはならない。兄弟として待遇すべきである。我軍の指揮員、戦闘員でこの項の命令に違反した者は処罰する。
(2)傷病の日本兵士に対しては、特に注意して治療にあたらせる。
(3)帰国、または原隊に帰ることを望む日本兵には安全に目的地に到着するまでできるかぎり便宜を図る。
(4)中国または中国の軍隊で仕事をしたいと望む日本兵士には仕事を与え、勉学を望む者には適当な学校に入れるようにする。
(5)家族や友人と通信を希望する者にはできるだけ便宜を図らなければならない。
(6)病死した日本兵士は適当な場所に埋葬し、墓標を建て、その氏名、年齢、本籍、所属部隊、階級、死亡状況を記し、埋葬年月日、碑文などを書いておかなければならない。

これは、朱徳総司令、彭徳懐副総司令の連名による、日本人捕虜の取り扱いに関する命令であった。

さきに紹介した、日本の殲滅作戦を目のあたりにして反戦兵士になった前田光繁さんは、拘留された前線基地でこの命令書を見せられている。それは「日本人捕虜に対する政策」が八路軍の最前線基地の隅々に届いていたことを示していた。国際条約に定められた俘虜の扱いは忠実に実行されていた。

　のちにこの政策に触れて、日本人捕虜の多くが華北、華中において日本軍に反戦を呼びかける活動を展開した。日本軍に対して行われた反戦活動は、抗日戦線の拡大とともに大きな位置を占めていった。激しい戦闘が繰り返されるたびに負傷兵や、やむなく捕虜となる兵士が続出した。捕虜は中国側にも日本側にも発生した。しかしその扱いには大きな相違があった。「日本反戦同盟」は、その違いを体験した日本軍捕虜の中から生まれた。

5　帰国、そして医療活動再開

ふたつの戦犯管理所に拘留されていた1072名（他に拘留中の病死者37名）の戦犯のうち、有罪判決を受けた45名を除き、即日釈放となった湯浅さんたち990名は1956年夏、3班に分かれて帰国した。

祖国を離れてから、長い人は30年ぶり、短い人でも11年ぶりの日本であった。帰国直後はそれぞれ肉親や友人に囲まれ、故郷での団欒があった。しかし落ち着くにしたがい、生活の問題が重く彼らの肩にのしかかる。20歳で出征した者でも30歳を越えていた。経済に加えて結婚の問題も当然あった。以前の職場に戻ることのできた人は少なく、ほとんどがいちからの出発であった。

中国帰還者連絡会の結成

帰国した戦犯たちは日本での生活再建のために、最後の班が帰国するのを待って組織づくりに着手し、「中国帰還者連絡会」（中帰連）を結成した。『帰ってきた戦犯たちの後半生』（中国帰還者連絡会編　新風書房　1996年）には、当時の経緯が次のように書かれている。

帰国者が一生懸命生活再建に力を尽くしているとき、更に予期せぬ困難が重なった。公安関係機関や警察の思想調査と思われる干渉やソ連・中国情報提供の要求である。同時に会社や社会から受ける、理由のない「アカ」「過激分子」の色目やレッテル貼りもあり、職場さがしや家庭の平和を守るためにも、このような嫌がらせと闘わなければならなかった。

しかしこのような流れの中で、東京中央と地方会員の交流が頻繁になり、本部と支部会員の関係が自然に形成されていった。

1956年11月には会の名称を、「戦犯」を削って「中国帰還者連絡会」(「中帰連」と省略)とした。長年苦楽を共にしてきた仲間意識、友情や信頼があり、団結して離れまいという責任感を感じあっていた会員たちが、どんな苦境にあっても「新しく生まれ変わった良心」に誠実でありたいとの懸命な努力によって第1回全国大会の準備が進められていた。

中帰連の活動

故郷へ帰り着いていない仲間もいた1956年8月、かれらは中国殉難烈士*の慰霊と遺骨送還事業への協力をはじめた。殉難烈士の慰霊、遺骨送還は1953年から「慰霊実行委員会」の手で進められていたが、中帰連会員の中にはこの強制連行を直接あるいは間接に「労工狩り」として体験した者がいた。しかし、自らが捕虜にした中国人たちがどこへ連行されたのか知らされなかった。帰国してはじめて、多くの捕虜が日本の炭鉱、鉄道工事、ダム工事で酷使され、虐殺されていたことを知る。中帰連会員は自らが犯した行為を償うべく遺骨送還に懸命に取り組んだ。

＊中国殉難烈士：1942年東条内閣が閣議決定した「華人労働者移入の件」に基づき、中国華北地域から約4万人の労働者を強制連行し、日本国内の135の事業所で酷使の上、7000名にのぼる犠牲者を出した。中国は犠牲者を殉難烈士と呼ぶ。

そして、1957年、まず撫順戦犯管理所時代に認罪学習の一環として書いた、自分の体験にもとづいた手記をまとめ、光文社から『三光』を出版した。『三光』は大きな反響を巻き起こし、20日間で5万部を売った。その後、版権を新読書社に移し、増補版を『侵略—中国における日本戦犯の告白』と改題して翌58年刊行する。本書の出版は、若者たちが中国に対する侵略戦争の実態を知る手がかりとなり、日中友好をめざす諸団体に中帰連の存在を理解してもらういい機会ともなった。以降も出版事業は引きつづき行われている。

また、1958年に北海道で「発見」された強制連行の生存者・劉連仁さんの帰国に協力することで他の平和民主団体との連係を強めた。そして「中国殉難者名簿」作成運動に参加して、日中国交回復を求める一大国民運動を友好諸団体とともに進める。さらに「日中国交回復三千万署名運動」の先頭に立ち、一歩一歩、日中友好、平和運動に足跡を残していく。

中帰連のもうひとつの大きな柱に証言活動がある。平和団体、労働組合、学校などの求めに応じ証言をつづけている。「731部隊展」、「平和展」、「女性国際戦犯法廷」＊

＊「**女性国際戦犯法廷**」：第二次世界大戦中において日本軍が行った、性奴隷制（強姦、人身売買、性暴力）を裁く民衆裁判。２０００年12月８日から12日にかけて、東京千代田区九段会館で開催され、２００１年12月４日、オランダで最終判決が発表された。昭和天皇をはじめとする当時の政府高官９名を被告人として、市民の手で裁くことによって、被害女性たちの尊厳を回復し、日本政府に戦争責任・戦後責任をとらせる手がかりとした。性奴隷制や強姦などの戦時性暴力が今後世界各地で繰り返されないよう、女性の人権が尊重される平和な新世紀を創ることを目的に開かれた。（ウィキペディア　国際女性法廷の項より引用）

における証言など、中帰連会員の語る加害の事実は参加する人々に強い印象を残してきた。このたゆみない努力が、自由主義史観を提唱する「新しい歴史教科書をつくる会」との論争を引き起こした。かれらは、「三光はなかった」、「中帰連の証言は脅迫による虚偽の証言である」など中帰連会員の証言を自虐的と決めつけ、誹謗をくりかえしている。『季刊　中帰連』の発行は、これらの暴言に対し敢然と立ち向かい、加害の歴史だけではなく、戦争のもつ本質的な問題をともに考える場の創造を目的としたものである。今は亡き中帰連会長富永正三さんが発刊（１９９７年６月）に際して述べた次の言葉は、いまも『季刊　中帰連』の表紙に記載されて、中帰連の精神、活動の根幹を示している。

　私たちは「人間―侵略戦争―殺人鬼―戦争犯罪―戦犯―人民中国の人道的処遇―人間的良心の回復」という数奇な共通体験から得た強い反省に基づいて、及ばずながら反戦平和と日中友好の実践を続けてきました。そして現在、最も若い会員でも既に70歳半ばに達し、活動力の減退は否めませんが、会は更に力を集めてこの日本の反動勢力の跳梁に対抗することの、わけても若き世代に先の戦争の真実を語り継ぐことの必要性を痛感せずにはいられません。

故に、あえてここに、季刊誌『中帰連』の発行を決断しました。老齢の力不足はやむを得ませんが、幅広い識者・支持者のご指導とご援助を得ながら、共に明るい日本の未来を目指して奮闘して参ります。(『季刊　中帰連』中帰連発行所)

中帰連は2002年4月、会員の老齢化にともない組織を解散したが、証言活動などはその後も続けられている。会員の活動を支援する若い人たちが「撫順の奇跡を受け継ぐ会」を発足させた。日本各地に支部を設けて、会員の証言、平和集会の開催、中国訪問など、中帰連の事業と精神を引き継ぐ活動をつづけている。

帰国後の湯浅さん

1956年6月に帰国した湯浅さんは、中国で害《そこ》なった健康を回復させるために入院、治療からはじめなければならなかった。

いまだ排菌が止まなかった結核治療のため、同じ慈恵医大出身の弟さんの紹介で、渋谷の日赤病院で入院生活を送る。翌年3月、胸の空洞が消えたと聞いたときの嬉しさは忘れられないという。快復をまって母校慈恵医大の内科医局で再研修を開始し、傍ら中帰連の活動に積極的にかかわった。

慈恵医大に戻って間もない1958年7月、東京の白十字病院で帰国後はじめての証言を行っている。父親と懇意だった野村実医師の招請による講演会であった。帰国して日も浅く、大勢の聴衆を前にして自分の体験を語ることに湯浅さんはためらいがあった。どのような反響が返ってくるのか予想すらつかなかった。

野村医師は躊躇する湯浅さんに、「どんな話をしてもいい、ぜひ話して欲しい。迷惑がかかるかもしれないが、自分たちが必ず守る」と決意をうながした。

職員、同僚など100名を前に、生体解剖の事実と軍隊の犯罪、中国の寛大な政策など自らの体験をありのままに語った。講演を聞いていた白衣の傷痍軍人が、「中国でだいぶ洗脳されてきたな」と発言した。この発言に対して、ひとりの看護婦から、「湯浅先生の講演はすばらしい。先生が洗脳されたというのなら、私たちこそ戦争中に洗脳されていたのではないか」という反論が出された。

このときの経験から、湯浅さんは証言する場合には、聴衆に受け入れられるように話す必要を痛感したという。以後、いたずらに民族意識を刺激し、反駁を招く発言を避けながら証言はつづけられた。

湯浅さんを招いた野村実医師（当時、白十字病院院長）は内村鑑三、矢内原忠雄を師と仰ぎ、親しく接して感化を受けた無教会派キリスト教の敬虔な信徒であった。常に弱い立場にある人々に寄り添い、結核に苦しむ人、身体に障がいのある人、年老いた人に命の大切さを説いていた。医療は医師と患者が対等でなければならないという固い信念を持ち、患者一人ひとりと向き合い、多くの人の信望を集めていた。また、アフリカにおけるシュバイツァー博士の活動に早くから注目し、博士の著した『水と原生林』を日本で最初に翻訳、紹介したのも野村実医師だった。

野村医師はアフリカ、ランパネレ病院にシュバイツァー博士を訪ね、その影響を強く受けて、博士とともに2度の医療活動を行っている。

湯浅さんの帰国後はじめての証言は、この野村実医師の招きによるものであった。

その後、湯浅さんは東京都杉並区にある西荻窪診療所長に迎えられた。西荻窪診療所は全日本民主医療機関連合会（民医連）に属する病院で、医療活動とともに民主活動に力を注いでいた。中国で反省の日々を送るなかで、民衆の立場に立って医療を行う中国人医師の姿に強い感銘を受けていた。敗戦の傷が癒えない日本で、早くも民主医療機関が活動を始めたことは、「民主新聞」（中国内で発行されていた日本人による新聞）で知っていた。帰国を許されたならば、自分も民主医療関係の施設で働くことを心に決めていたという。

湯浅さんの証言活動は、診療所長という職務におわれて、しばらく中断された。60歳で西荻診療所の所長職を退き、勤務医になって時間的に余裕が生まれると、本格的に再開された。その回数は一段と増えている。１９８2年10月には勤務の傍ら、１カ月のうちに6回の講演を引き受けている。平和団体、労働組合、日中友好協会、医学関係組織など講演先は多岐にわたり、遠い地域にも乞われれば寸暇をさいて駆けつける。証言回数は今日までに600回を超えている。

我が子への手紙

最初の証言から33年後の1991年11月、TBSテレビで「元軍医たちの中国懺悔の旅」が放映された。また同じころ、テレビ朝日の番組「ニュースステーション」も湯浅さんたちが山西省をめぐる旅のようすを放映した。湯浅さんが「我が子への手紙」を家族に送ったのはこの放映のすぐ後である。長い引用になるが、湯浅さん自身が語る、帰国後の活動を紹介したい。

昨年11月21日の夜、テレビ朝日のニュースステーションで、またそれより1カ月前に放映された僕の中国訪問の様子を見たことと思う。これについて多くの方々から「戦争で大変でしたね」、「侵略戦争の残酷さを勇気を奮って告発された」との評価を受けた。しかし一方で、「酷いことをした。マスコミの晒しものになった。命令で生体解剖を行うのはやむをえないが、自分から進んでやるとは何事だ」との非難も寄せられた。

私はこれらの非難に対しては、「だから侵略戦争は恐ろしい。人間を鬼に変える。現在もPKO法案等、戦争のきざしが見えるから、侵略戦争の実態を明らかにするのだ」と了解を求めた。

　戦争を体験していない君達には、この僕の言葉を十分理解することはできないだろう。戦争当時の天皇制国家が行った国民抑圧は、戦後生まれの人には想像できないだろうから、一度文書にして残しておこうと考えていた。ちょうど私たち元戦犯の会――中国帰還者連絡会――に対して、お世話になった中国の団体から個人の回想録作成の要請があったので、この機会に記しておきます。

　これを読めば僕がなぜ開業医という裕福になれる本道を選ばず、民主診療所の勤務医となって平和と民主主義、生活と医療を守る運動に尽くしているのか、また最近も3回にわたり、訪中団を組織しているか理解されるでしょう。

　君達は1953年夏、妻とともに中国から帰国、群馬県の新里村という、無医村に疎開して医師をしていた私の父の許に世話になった。僕はその父が東京で開業医をしていた所で育った。お陰で有名中学から医科大学に進み、将来の生活は保障された身分だった。しかし、当時の日本の情勢――中国の支配を狙う軍国主義の風潮――はそれを許さず、「日本は神国」、「アジアを支配する」との欺瞞宣伝と天皇制支配の拘束の下、次第にその体制に組みこまれていったのだ。少年時代には中国は文化の国、孔子孟子の育った国として尊敬と親近感を抱いていたのに。

　1941年10月、どうせ軍隊に取られるのであれば、ほとんどの医師が選んだように、勤めていた都立駒込病院を休職し、2年間だけ現役勤務という制度に志願した。2カ月間旭川で教育を受け、軍医中尉となった。この2カ月間に見た軍隊の、人間性を絶する出来事については別に話す機会もあるでしょう。そして中国潞安に駐屯していた陸軍病院に軍医として派遣されたのです。当時の東京駅での別れは今もまぶたに焼きついている。広い駅は出征風景で覆われていた。知人家族の万歳の歓呼の中、父は声をからしてただ日の丸を振っていた。親身の情など語り合える状況ではなかったのだ。

現地潞安の陸軍病院にあって気分は最高だった。若くして天皇直属の特権階級にのし上がったのだ。病院内では下士官・兵・看護婦を見下し、負傷兵には威張りちらして診療、外出時は中国人を睥睨する。初めて多額の給料を貰い、居留民からはお国のための軍人さんとしてちやほやされる。よく歓楽街に遊びに行ったものだ。作戦や襲撃があり死傷者が出ても、こちらは固い城壁内の病院、痛くも痒くもない。

こういう中で、所在地師団の部隊付軍医の外科手術演習、即ち生身の中国人を材料にする「生体解剖」が行われ、僕たち病院の軍医はその手助けをした。当時日本軍は地域を占領したといっても、それは都市と鉄道、公路―即ち点と線だけを手に入れたにすぎず、第一線から救急患者を病院所在地まで護送するのは襲撃の恐れがあった。したがって第一線で手術をしなくてはならず、また軍医で外科医は数少なかったからである。

手術演習の日は、憲兵隊または警備隊から留置している中国人、何をして捕らえられたのかまったくわからない人を貰い受け、解剖室で腰椎麻酔をしたのち、盲腸切除、四肢切断、腸の吻合、気管切開等を演習した。僕は、第1回目は恐る恐る、次いで大胆に、ついには自分から進んで行ったのだ。日本帝国軍人将校の「威厳」を皆に示すのに汲々としながら。

まったく恐ろしい鬼の姿だった。詳しくは1981年夏に吉開那津子さんの手により出版された『消せない記憶・湯浅軍医生体解剖の記録』で承知していると思う。

或る時は病院長から命令され、日本の臓器製薬会社に送るからと脳の皮質を削って瓶10本に詰めて渡したこともある。

また初年兵の衛生教育に、まったく僕の発意で憲兵隊からひとりの中国人を貰い受け解剖学を教えたこともある。早く習得させるのが目的だった。

結局僕は7回にわたり14名《ママ》の中国人を生体解剖で虐殺してしまったのだ。これらはすべて戦争に勝利する目的だった。したがって、九州医大の生体解剖を取り上げて書いた、作家、上坂冬子氏の主張する「爆撃の報復」などというものではない。これが天皇の軍隊が行った侵略戦争の実体なのだ。もちろん、命令拒否は軍法会議の極刑が待っているが、先輩の軍医は要領よく逃げていたようだ。

僕は軍医として生体解剖の犯行だけでなく、細菌戦にも関わってきた。潞安に師団防疫給水部があり、そこから僕が責任者であった病理試験室に、患者から分離したばかりのチフス菌、赤痢菌を貰いに来ていた。この菌は強力なのだ。当時は伝染病の流行状況の調査ぐらいに考えていたが、後に戦犯として同じ房に拘置された中隊長の供述から、作戦時、奥地に侵入し、井戸や河川に細菌を培養した試験管を投げ入れたことがわかった。それは防疫給水部で培養した菌に他ならなかったのである。即ち自分ではまったく知らない間に細菌謀略の手先になっていたわけだ。また1945年5月、軍が南下して黄河を渡り、河南省に作戦行動を起こしたことがあった。そのとき一時大隊附軍医として派遣された。僕は負傷兵が出ると部下の衛生兵に命じて部落を襲わせ、男を銃で脅かしては担架兵代りに使った。もし逃げれば勿論銃殺だ。幸いそんな場面を見ないですんだのだが。その他、考えてみると軍医として傷病兵を治療し、前線に戦力として送り返す事が更に侵略者としての罪だったのだ。そのため中国人がどれほど被害を蒙ったであろうか。

当時は考えてもみなかったが、戦争の名の下にあらゆる種類の罪を犯してきたのだが、それが当時は功績だったのだ。虐殺・暴行・略奪・放火・拉夫（道案内、物資の運搬などに農民を使う）・細菌戦・奴役（軍の施設作り）等々。幸いというか、婦女暴行等の破廉恥罪は犯さずにすんだが。

僕の犯した行為はそれだけではなかった。敗戦後も国民党軍の徴用を受け、軍人3000《ママ》名、技術者（家族も含め）3000名、計6000名と共に山西省に残留し、中国人民の解放戦争を妨害してきたのだ。その時、妻啓子と結婚し、澄子、誠が生まれ楽しい家庭生活を送ってきたのだが、一方中国人民は苦しみの中にあったのだ。山西省太原市の牛駝塞の解放記念公園の陵園には、解放戦で犠牲となられた1900名の烈士が眠っている。3回にわたる訪中時にはかならず一同でお参りしてきている。

解放後、君たちと一緒に河北省永年の訓練団に捕虜として拘束された。1952年12月には、分かれて戦犯として太原監獄に収監されたが、処刑もされずによく生命が助かったと思うだろう。当然だ。5年半に及ぶ拘留生活中、世界情勢の学習や労働、相互批判とともに自分の罪の反省が求められた。

中国共産党と中国人民は、旧敵国人の凶悪な犯罪者であるのに人間的な待遇をしてくれた。ただ「過去の罪の反省―認罪―」を求められた。懇切かつ忍耐強い指導のお陰で僕も過去の行為を思い浮かべ、心から申し訳ないことをしたと反省できたのだ。更に同房者の結核患者から感染し喀血までしたが、当時貴重な抗結核剤を内服させてもらい、生命を助けられたのだ。普通だったら獄中の結核はすなわち死だったろうが。

1956年6月21日は僕にとっては記念すべき時だった。起訴を免除され、釈放の決定を頂いたのだ。今でもその光景は忘れない。よし！　後半生を平和の事業に打ち込もうと決意したのだった。勿論起訴され有罪の判決を受けた人もいたが、死刑者はいなかった。

7月8日舞鶴に着いたとき、啓子と誠君が迎えに来てくれたね。そのとき二人をあまり顧みなかったように思うが、僕の気持ちは仲間との今後の活動で胸が一杯だったのだ。

帰国後10カ月、結核治療のため、東京の日赤病院入院。退院後は啓子にストマイ注射を打ってもらいながら、慈恵医大の医局で勉強のやり直し。1959年3月から働き始めたが、そこは念願の民主診療所だった。ここでは職員が地域の方々と、僕の活動を支えてくれた。そして僕たちは帰国後、自分の罪行を広く人々に語って、侵略罪行を訴える中国帰還者連絡会を作り活動を開始した。

僕も約40回［著者注・1991年現在］にわたり講師として語りつづけた。はじめは僕の話し方がまずくて「洗脳された」「信じられない」等の反論もあったが、そのうちはじめて知る侵略罪行に驚きながらも同感してもらえるようになった。ある学園では、女子学生が脳貧血で蒼白になって暫時話を中断したこともある。また、高校の学園祭で教員組合の教師が司会して催されたが、僕の話に感激した老教師（戦争体験者）が、「一番の張本人は天皇だ」と発言し、司会者が「生徒の前でそのようなこと言ってくれるな」とあわてて制する場面もありました。

またキリスト教の信者に語ったときは「私達にできない懺悔をされた」と褒められもした。学者の集まりでは「殺人は日常のことであり、自分は少しも痛まない、敗戦と帰国後の生活のために忘れているとの説明は極めて重要である」と結論された。

1981年、作家吉開那津子さんの手により『消せない記憶』が出版され、TBSで放映されたときは、右翼から2通も脅迫状が舞い込んだが、僕は無視して講演をつづけた。この本も7版を重ね、僕自身300冊は捌《さば》いたと思っている。

［著者注・増補新版あり］

潞安陸軍病院戦友会の知人にこの本を贈った直後に開かれた会合では、先輩の軍医が極めて特徴的な挨拶をされた。「湯浅さんは良い事をしてくれた。俺たちはとんでもないことをしてしまったのだ。今度初めて思い出した。看護婦、衛生兵の諸君、あのこと（生体解剖）を口外しないだろうな。俺たちはこんな仲だ。誰にもしゃべらないで毎年集まろう」と。

もちろん僕とて自分の恥、仲間の恥、日本の恥を口外するのは辛いことである。しかし現在の日本の状況―慰安婦問題もそうだが過去の侵略の事実を覆い隠すのは、再び侵略戦争への道につながるので、勇気を奮って機会があれば訴えつづけているのだ。これがお世話になった中国人民への恩返しであろう。

中国からの回想録の要請は帰国後の行動を詳細にとあったので、つづいて記しましょう。

日本の軍国主義化反対の闘いにはずいぶん参加した。有名な1960年安保闘争には医療班として参加、一時僕の周囲に400名の医療人員が集まり、その指揮を任されたこともある。

軍事基地化反対闘争には君たちをつれて再三行った。新島ミサイル試射場建設反対の闘いには8回ほど、自衛隊百里基地飛行場建設反対の闘い、三宅島米軍夜間発着飛行場建設反対の闘いには何回も人々と一緒に行動した。原水爆禁止運動には診療所のある西荻窪駅で駅頭署名募金活動に参加してきた。

医療面では1960年の小児麻痺生ワクチン輸入運動に全力で取り組んだ。社会主義国ソ連の製品を理由に政府が輸入を拒否してきたのを、再三厚生省と交渉し、国民の力で勝ち取った。お蔭で多くの幼児の生命を救うことができた。

この努力を認められ、1962年、百数十カ国の代表を集めて、モスクワで開かれた「全般的軍縮と平和のための世界大会」に、日本代表団の一員として選ばれた。小児麻痺研究所にお礼を述べたほか、「平和の医師の分科会」では日本の小児麻痺克服の状況を報告する栄誉を与えられた。有り難いことです。

この他、民主診療所の改築、増築のほか、二つの分院を作り、地域の民主勢力の地盤を拡大しました。

最近4年間に3組、計57名の団員を率いて訪中し、友好交流するとともに、中国烈士の方々を供養、侵略戦争を反省する機会を設けました。また帰国孤児や中国留学生の身元保証人としてお世話もしております。

帰国後35年、君たちはそれぞれ家庭を持って独立した。今妻とふたりの家で思い起こすとよく元気で働いたと思う。この間、交通事故にはあったが、内科の病気はなく、病気による遅刻、欠勤は一回もなかった。希望を持って平和と友好に尽くした賜物だろうか。悔いない人生でした。

今後は潞安陸軍病院の看護婦、衛生兵に呼びかけ、あの罪行の地を訪れて「侵略戦争に従って何の罪科のない、中国の方々に申し訳ないことをしてしまった」と語りたいと思っている。

湯浅啓子さんの戦後

湯浅さんが永年の捕虜収容所から太原戦犯管理所に移送された後、家族寮に残された啓子夫人は幼な児3人を抱え、どのように生きてこられたのだろうか。湯浅さんとの結婚を含め、中国での生活について話を聞いた。

啓子さんは1944年（昭和19）、東京麻布の女学校を卒業した。薬学の勉強を志していたが、すでに東京はたびかさなる空襲と食糧事情の悪化が重なり、勉学を続けることは不可能になっていた。戦火を避け、郵政省の官吏だった父親が勤務していた中国山西省太原市に渡った。当時、中国内の郵便局では局長には中国人が、副局長は日本人が任命される慣習になっていた。太原市は大きな都市で、町には日本人がたくさん住んでいた。買い物に出ても中国人が日本語で応対してくれるので、生活に不自由を感じることはなかった。

しかし、日本の敗戦にともない父親は官職を追われ、収入の道が途絶えると、幼い弟たちの成長を助ける生活が長姉と啓子さんの肩にかかった。どこの家庭も同じように、父親に代わって子供たちが働かなければ生活は成り立たない状況にあった。若かった啓子さんは今でいう交通公社に就職し、家計を支えた。思いのほか高給に恵まれ、助かった。そして間もなく日本人は1カ所にまとまって住むように指示される。多くの日本人が中国側の要請によって、資源調査、主要な産物の研究などに留用された。

1946年（昭和21）5月、2600名が帰国していった。そして48年秋の2回目の引き揚げで、ほとんどの日本人は帰国した。啓子さんの両親もこのとき帰国する。

啓子さんは湯浅さんと1946年（昭和21）末、太原で結婚した。日本人の若い女性が少なくなるのを心配した知人の紹介だった。湯浅さん30歳、啓子さん20歳だった。翌47年、長女澄子さんが誕生し、啓子さんは若い母親になる。

湯浅夫妻は太原城内に居住し、残留した日本人や中国人の診療で忙しい毎日を送っていた。湯浅さんの医師としての技術が高く評価され、生活は安定していた。49年には長男誠さんが誕生し、幸せな家庭生活が営まれていた。

しかしこの年（昭和24）の4月、太原が人民解放軍によって解放されると、湯浅さんは太原の北にある炭鉱の町・陽泉の病院へ勤務を命じられる。そして51年（昭和26）1月、先に湯浅さんが語ったように、邯鄲駅から一日歩きつづけて、河北省永年捕虜収容所に啓子さんとお子さんも収容されるのである。

湯浅さんと引き離されて、幼いふたりを抱え、家族隊に収容された啓子夫人の生活は激変する。その不安な日々の中で、次女真理子さんが誕生する。凍った川の氷を割り、オムツを洗う日々が続いた。

ある時、長男誠さんが栄養不足から病気になり、食べる力を失った。欲しいものはないかと聞いてくれた中国人の大隊長に、啓子さんは卵を入れたお粥が欲しいと頼んだ。白米の卵粥を口にすると、誠さんは少しずつ元気を取りもどした。当時、米も卵も貴重品で簡単に手に入る品ではなかった。

家族隊の中でも学習会がもたれ、相互批判がくりかえされたがあまり印象に残っていない。３人の幼な児を育てる苦労を啓子さんはひとりで引き受けていた。それでも宿舎と食事が提供されていたことは大きな安心であった。毎週土曜日には湯浅さんと会うこともできた。

１９５２年12月、湯浅さんが突然太原に移送される。何も知らされないまま生活は一変した。夫とひき離された啓子さんはその翌年の3月、３人の子どもを抱えて北京経由で無事に帰国をはたした。舞鶴港に迎えに来てくれた湯浅さんの両親の住む群馬で夫の帰りを待つことになる。

帰国後も奮闘は続いた。太原での結婚も3人のお子さんたちの誕生も戸籍は田中姓（啓子さんの旧姓）のまま記載されていて、湯浅姓に直すために裁判を起こさなければならなかった。敗戦後の中国では、残留する日本人の戸籍の移動を受理しても、日本国内に届いていない場合が多かった。粘り強い訴えをつづけてようやく一家は新しい戸籍を作ることができた。

中帰連会員から話を聞くたびに、その陰で懸命に夫の帰国を信じて待ちつづけた妻、母の強さに感動する。中帰連会員が証言、中国訪問などの活動をつづけられたのには、家庭を守る妻たちの協力があった。湯浅さんの帰国後の活動も、啓子さんはじめ家族の支えがあってはじめて可能だった。

潞安への旅

帰国して、自分たちの生きる場所を懸命に探しつづけた中帰連会員は、帰国後30年を過ぎる頃から、中国、特にかつて罪行を重ねた地域を訪ねる旅に向かった。それは許されて帰国する際、必ず再訪すると心に誓った旅であった。

湯浅さんも1988年秋、帰国後はじめて太原を訪れている。山西省に駐留していた岩手県の部隊が、第1回山西友好訪問団を結成すると聞き、その訪問団に参加した。しかし、この時は潞安（現長治市）を訪れる決心はつかなかった。

潞安を訪れることは、湯浅さんにとって過去の自分と向き合わなければならない旅になる。それでもいつか潞安を訪れなければ、謝罪の旅は終わらないと考えていた。

翌89年4月、解放40周年を記念して、解放軍と日本軍の最後の激戦地、牛駝塞で式典が開催されることを知った。湯浅さんは急遽、太原にかつて残留した人々に声をかけ、第2回山西友好訪中団を結成する。牛駝塞に建立された烈士［著者注・中国解放のために犠牲になった人々］の碑に拝礼、献花し、解放戦争で斃れた1800名余りの兵士が眠る墓苑の参拝を果たした。

そして、山西大学を表敬訪問し、日本語科の学生たちと交流会をもった。自分が中国で犯した罪を告白し、許されて帰国できたことを伝え、自書を贈った。中国側の幹部は、そんな湯浅さんを「過去のことだ、歴史的なことだ」と慰めの言葉で迎えた。

深い感慨とともに再訪した太原戦犯管理所は、後半生を平和のために生きる決意を固めた湯浅さん再生の場所であった。当時の面影を探し、団員たちは建物の周囲を歩いた。太く、葉を広げた柳の樹の幹を懐かしげに撫でる団員がいた。

管理所は現在幼稚園に改造され、幼い子どもたちが湯浅さんたち一行を明るい笑顔で歓迎してくれた。歌と踊りに迎えられ、子どもたちが描いた絵を贈られて、湯浅さんたちは緊張のほぐれた笑顔で別れを告げている。

1991年10月、4回目の訪中で、ようやく罪行の地・潞安を訪れた。それほど潞安への旅は湯浅さんにとって重く、そして遠いものであった。往路のバスの中で、同行記者のインタビューに答えて、湯浅さんは犠牲者に対する謝罪の言葉と、犠牲者の遺族が現れた場合の不安、誰か知人に会えるかもしれない期待を正直に語っている。この旅行には、先に紹介した元衛生兵の古屋利雄さん、カメラマンの相馬一成さん、高校教諭山田政顕さんが同行している。

かつての潞安陸軍病院は、ふたたび学校にもどり、2000名の学生が学ぶ長治第二中学校になっていた。3階建て、4棟の校舎を見て、湯浅さんは救われた思いを抱いた。ここでも湯浅さんは案内に立った副校長に対し、戦争時の罪行と謝罪を伝えたが、「分かりました。過去のことです。日本の学校と姉妹校になりたい」と優しく応じられている。

湯浅さんは、当時の記憶を探りながら構内をくまなく歩いた。しかし、「忘れえぬ記憶」の解剖室を見つけることはできなかった。かろうじてかつて本部として使用していた院長室、庶務室、兵舎、軽症病棟を探し当てることができただけだった。

のちに湯浅さんは、「実験体」を埋めたと思われる場所へはどうしても行くことができなかったと苦しそうに胸のうちを語った。

湯浅さんは許されて帰国した日から35年目に、ようやく心にかかっていた「消えない記憶」と向き合う旅を終えることができた。それは湯浅さん自身が越えなければならない障壁を乗り越える旅でもあった。太原、潞安への旅は、その後もつづけられた。

湯浅さんは今、荻窪にある閑静な自宅で93歳の人生を振りかえる静かな日々を送っている。聴衆の前で証言することはもう無理と言いながら、自宅を訪ねればいつでも応じてくれる。関心は変わることなく世界のできごとに向けられ、話題が尽きることはない。

数種類の新聞、雑誌に眼を通し、関心を持った個所には赤い線が引かれている。読み終わった書籍を薦めながら、感想を語る。その活力にあふれた姿に、湯浅さんの心のうちを見る思いがする。

昨年（２００９年）の初夏、校庭の緑が濃くなりはじめた母校を訪れ、若い後輩たちに自分の半生を語った。それは湯浅さんにとって、何度くりかえそうと終りのない「坦白」であった。

２００９年12月、年末のあいさつにうかがった折にも、湯浅さんは力をこめて語りはじめた。なぜ自分が罪を犯してしまったのか、どういう力が働いて権力者は戦争をはじめたのか。国民を戦争に駆りたてたものはなにか。戦争の目的が資源の略奪であることを隠すために、欺瞞宣伝で国民を狩り出した。長い年月をかけて、国家のために死ぬことを強制する教育が国民の手足を縛った。不安感が蔓延した社会は、強い軍隊の出現を期待する。時代が変わってもその危うさは少しも変わらないと、激しい口調で語った。そこには穏やかないつもの湯浅さんとは違う湯浅さんがいた。

国民を戦争に駆りたてるためには、まず戦争への恐怖を取りのぞかなければならない。そのために映画やテレビの影響の大きさを利用して、戦争は国を護るためにするのだから、戦死は名誉であって怖いものではない、と国民に暗示をかける。一方では、法律で国中が戦争に協力しなければならない体制をつくる。現在の日本は、再び同じ過ちをおかす道を歩んでいる、と湯浅さんは強く言いきった。

おわりに

２００７年4月27日、各紙夕刊は「最高裁判決、中国人の請求権認めず」と大見出しで報じた。

「第二次大戦中に強制連行され、広島県内の水力発電所の建設現場で過酷な労働をさせられた、中国人元労働者5人が西松建設に対し２７５０万円（1人５５０万円）の損害賠償を求めた訴訟の上告審に対し、最高裁第二小法廷は原告たちの請求を棄却した」との報道を読み、最高裁が人権保障の最後の砦としての役目を放棄したことに私は愕然とした。

原告のひとり、宋継尭さんの証言を聞いたとき、控訴審判決は原告側の訴えを認めていた経緯から、最高裁も当然、宋継尭さんたちの訴えを認めるのではないかという期待があった。

少年だった宋継尭さんを有無も言わせず強制連行し、危険な仕事に従事させ、両眼の視力を奪った責任は私たちの国にある。

高齢をおして来日し、自らの苦しみを訴え、正義を実現したいと語った宋継尭さんの失われた60年を償うことは到底できないが、せめて誠意ある謝罪を最高裁の判決で示してほしいと願っていた。

この裁判には、日中戦争の末期、戦線の拡大によって生じた国内の労働者の払底を補うため、中国人、朝鮮人の移入を閣議決定し、ダム建設、鉄道敷設工事、炭鉱などに企業の要請にもとづいて配分した背景がある。この閣議決定によって、強制連行された3万9000名の中国人労働者、29万名の朝鮮人労働者に対する苛酷な処遇が、戦後60年を経て日本への責任追及となって噴出している。

1944年4月、土木建設会社西松組（現西松建設）が広島県安野《やすの》発電所建設工事を受注したが、国内では十分な労働力を確保することができず、厚生省に対して中国人労働者300名の移入を要請した。中国側の送出機関・華北労工協会から360名が西松組に引き渡され、かれらは水力発電所建設工事に従事した。帰国までにこのうちの26名が死亡（うち11名は広島刑務所で被爆死している）し、生存者は長崎県南風崎から中国に帰国した。裁判はこの生存者5名によって起こされたものである。

1998年1月、原告5名は、連行された広島県安野発電所建設工事の過酷な労働に対して、西松建設が安全配慮を怠ったとして広島地裁に提訴した。1審は敗訴、2004年の控訴審では逆転勝訴判決を勝ちとった。今回最高裁はこれを覆して原告敗訴を確定した。最高裁判決は「日中戦争の遂行中に生じた中国人労働者の強制連行および強制労働にかかる安全配慮義務違反等を理由とする損害賠償請求であり、事実関係にかんがみて本件被害者らの被った精神的・肉体的な苦痛は極めて大きなものであったと認められるが、１９７２年の日中共同声明5項*に基づく請求権放棄の対象となるといわざるを得ず、自発的な対応の余地があるとしても、裁判上訴求することは認められない」と、中国人個人の請求権は失われていないが、裁判で争うことは実現できないとの最終判断を示した。

最高裁は判決文の中で西松建設に対し、「原告たちが受けた精神的、肉体的苦痛が極めて大きいこと、西松建設は強制労働により利益を得ていたことを考え、同社が救済に向けて努力することが期待される」と異例の付言をしながら、原告側の主張を認めることを避けた。

原告のひとり宋継尭さんは連行先の建設現場で、導水トンネル工事中、転落事故のために両眼を失明した。充分な食料も与えられず、昼夜2交代という激務を強いられる日々が続いていた。夜勤番の日、石を積んだトロッコもろとも崖から転落し、生死が危ぶまれる重傷を負った。病院に運ばれたが、医師に治療は不可能と追いかえされ、激痛に耐えかねて自ら右目を抉りだしたという。労働力として役に立たなくなった宋継尭さんは中国に送り返された。母親の待つふるさとへ１００キロの道を物乞いしながらたどり着いたという。宋継尭さん16歳の時のことである。

＊**「日本国政府と中華人民共和国政府の共同声明　5項」**：中華人民共和国は、中日両国国民の友好のために、日本国に対する戦争賠償の請求を放棄することを宣言する」

最高裁では覆されたが、被告西松建設に賠償を命じた広島高裁控訴審判決は、「外国から被害を受けた国民が個人として賠償を求めるのは、固有の権利であり、国家間の条約で放棄させることはできない」と被害者の権利を全面的に認めていた。「外国人によって被害を受けたすべての国民は賠償を求める権利を有する」とする広島高裁判決には、関係する日中二国間にかぎることなく、被害を受けたすべての国の個人の賠償請求権を認めたものと理解される。また、国家間にどのような取りきめがなされても、個人が受けた被害に対しては加害国・企業双方に責任があり、賠償は当然なされなければならないと言明していた。

宋継堯さんたち被害者が求めていたのは、国と企業の責任を明確にし、誠意ある謝罪と賠償であった。最高裁判所は判決言い渡しに、通訳をつけることも認めなかったという。日本人でさえ難解な裁判用語を中国人被害者が理解できたのだろうか。宋継堯さんは怒りをあらわにしながら、これからも西松建設に対して賠償と謝罪を求め続けると、こぶしを振り上げて最後まで闘うと判決に抗議した。

最高裁判決が出されてから2年半、２００９年10月23日の各紙夕刊は西松建設が中国人強制労働被害者との和解に応じたと報じた。西松建設が歴史的責任を認めて謝罪し、被害補償を行うために基金を設立させることで合意し、和解が成立したとあった。

和解条項によれば、西松建設は2007年4月に言い渡された最高裁判決の付言をふまえ、強制連行された360名の受難は、「華人労務者内地移入に関する件」の閣議決定に基づく歴史的事実であり、企業としてもその歴史的責任を認識し、当該中国人生存者、およびその遺族に対して深甚なる謝罪の意を表明している。

受難者360名全体に対し、一括した和解金2億5000万円を信託して基金を設立する。和解金には、受難に対する補償、記念碑の建立費用、未判明者の調査、慰霊および追悼費用など、受難にかかわる一切の費用を含むものとされている。

原告は中国人元労働者5名であったが、補償対象は広島県安野水力発電所工事に携わった全員に拡大され、信託金は自由人権委員会（受難者が選任する10名以内の委員で構成）が管理運営することが取り決められた。この和解は、安野発電所工事に強制連行された全員が、今後、日本国内はもとより、他の国および地域において一切の請求権を放棄することを確認しあった、とある。今後、西松建設は何の負担も負わないことに合意し、債権債務はすべて解決したことを双方で確認している。しかし、和解条項に付された確認事項では、この和解趣旨に参加しない人にはその権利を奪うという法的効果を持つものではないと明記されている。

この和解に対し、広島安野中国受害労工聯誼会は、西松建設との和解に同意した理由について次のような声明を発表した。

西松建設が事実を認め、企業として歴史的責任を認めて、被害者に対し深甚なる謝罪を表明した。そのために、後世の教育に資するために記念碑を建立して、忘れることのできないこの一時期の歴史を永遠に銘記する。同時に、基金を設立して当時の被害者とその遺族に対し一定の補償を行う。これは、我々の最初の要求である「公式に謝罪する」「記念碑、記念館を建立する」「損害を賠償する」の目標に近いものである。(中略)

我々は関係企業と日本政府がこのたびの和解を契機として、強制連行された中国人労工問題を解決するために積極的に努力し、関係する問題と歴史責任をできるだけ早く全面的かつ適切に解決するよう心から希望する。(後略)

西松建設が自発的に和解を申し出たことを評価し、中国人被害者の高齢化など、これ以上引き伸ばすことを許さない現状もふまえて、意にそぐわない点もあるが、和解に応じた。交渉開始から和解までの10余年のあいだ、協力してくれた多くの日本人の友人、華僑や中日両国の支援者に謝意を表し、広島安野中国人労工の天国の魂に報告し、慰めとすると発表した。

「強制連行は国策」という福岡高裁の判決もある。また、「国と企業の共同不法行為」と断じた裁判官もいる。西松建設は自ら企業の歴史責任を認めた。しかし、国は今日まで歴史的な事実に向き合う姿勢を一切取ろうとしてこなかった。

戦争被害者に国の責任で一定の補償をすることは、ヨーロッパ、アメリカ、カナダなどでは共通認識となっている。ドイツは国と企業が基金を拠出し、強制連行の被害者に補償する制度を創設した。強制連行問題を解決する責任を企業にのみ求めるのではなく、国こそ責任を明確にし、拠出による基金を創設、あるいは立法措置による賠償を考えるなど、早急に解決の方法を講じる必要がある。戦争責任、戦後責任の追及は、あくまで謝罪と賠償が求められているのであって、救済ではない。

日本が発動した戦争による被害は強制連行にとどまらない。日本軍性奴隷問題、731部隊犠牲者などの戦争責任、いまも被害者が増えつづけている遺棄毒ガス弾問題など、未解決のままである。旧日本軍の非人道的な行為に対する真摯な反省と謝罪がなされなければ、真にアジアの一員となることは難しいのではないだろうか。

あとがき

湯浅謙さんへのインタビューをつづけるうちに、確かめたいことや疑問がつぎつぎに浮かび、あらためて話を聞き直さなければならなかった。新たに浮かんだ疑問をとくために人を訪ねたりした。また、書きすすめるうちに被害者の証言、裁判の傍聴など、私の記憶のひとつひとつが浮かび、それらに押されるように机に向かった。

私の中には、幼い日に経験した戦争の恐怖が今も鮮やかに残っている。「日本は負けた。戦争は終わった」。おとなたちのうめきに似た声を東京新宿の焼け野原で聞いた。6歳だった私は5月に東京下町を襲った2度目の空襲で家を焼かれた。猛火のなかで両親を見失い、どうして焼け落ちた我が家にたどり着けたのかまったく記憶がない。たくさんの焼死体が道路わきに横たわっているのを見た。

絶対に負けないといわれていた戦争も敗色が濃くなるにつれて、食料は不足し、大人も子どももいつも空腹を抱えていた。口にできるものといえば、乾燥バナナやパイナップルばかり、あとは具の少ない雑炊を口にできればいいほうだった。両親の苦労は、とにかく食べ物を手に入れることにあった。もちろん、入学するはずだった小学校も焼け、1年生の授業はほとんど受けていない。

だから今でも戦争と聞けば、幼子、女性、老人の逃げまどう姿が自分の体験と重なり、とても平静ではいられない。

この思いは、その後、中国帰国者との出会いにつながり、中国への旅をくりかえすことになった。90年代、立川市の公民館で開かれていた日本語教室に、老婦人に伴われた中国帰国者の姿が増えてきた。話題は自然に中国に渡ったいきさつ、中国での生活などに移り、敗戦国民として相手国で生きる厳しさを聞いた。

そして、帰国者のほとんどが、満蒙開拓団として「満州」(中国東北部)へ渡り、帰国手段を断たれて、残留を余儀なくされたことを知った。満蒙開拓団の歴史をたどる旅はやがて、日中戦争中の日本軍の罪行にいきついた。反省し、許されて帰国した元兵士を訪ねる旅がはじまった。不戦と日中友好を誓う「中国帰還者連絡会」(中帰連)の人たちの証言は、残留を余儀なくされた人びとが背負わされた苦難の原因を裏付けた。

「消せない記憶」を語りつづける湯浅謙さんもこの中帰連の会員のひとりだった。

湯浅謙さんは、今日まで高齢を心配する家族の声を振りきり、求められれば遠近を問わず講演を引き受けてきた。講演は600回を越え、インタビュー、取材は100回を越える。

今回、湯浅さんをはじめ多くの方に話を聞いたが、戦争がいかに長く人の心を捉え

つづけ、消え去らないかを知る貴重な機会となった。生体解剖という重い罪過を背負い、逃れることのできない罪の意識と闘いながら60年余の戦後を生きてきた湯浅さんを加害者と呼ぶことはできないと私は思った。

今も過去の自分を厳しく問い詰め、告白しつづけている老医師の姿に接しながら、伝えようとしているものが単なる個人的な贖罪にとどまらず、現在の私たちが置かれている状況への警告であることに気づいた。

多くの方の証言をつなぐことで、日中戦争、太平洋戦争の実相に近づくことを意図したが、整理しきれず、捕虜政策に多くの時間を割く結果になってしまった。国民党の捕虜政策に対して強い印象を受けたし、共産党の一貫した姿勢にも深い感銘を受けた。侵略戦争と祖国防衛戦争の違いが、人間の心に与える影響を考えずにはいられなかった。特に中帰連の会員と戦犯管理所職員の現在にいたる交流を見るにつけ、日本政府の戦争責任に対する姿勢に暗澹たる思いを抱いた。

最後に、快くインタビューに応じて下さった、湯浅謙さん、山辺悠喜子さん、前田光繁さん、古屋利雄さん、稲葉績さんに感謝の気持ちを申し上げたい。特に湯浅さん、山辺さんには長いあいだ数々のご教示、ご指導をいただき、多大なご好意を受けたことに深く感謝を申しあげたい。

ここにまとめた原稿は、東京経済大学21世紀教養プログラム課程の卒業研究に加筆したものである。4年間ご指導いただいた牧原憲夫先生には、出版に当たって貴重なご教示をいただいた。あわせて21世紀教養プログラムの先生方に厚く御礼を申しあげたい。

この書の出版にあたり、ご尽力いただいた陳野守正さん、地図の転載をお許しいただいた米濱泰英さん、梨の木舎羽田ゆみ子さん、長谷川建樹さんにひとかたならぬお世話になりました。改めて厚く御礼申しあげます。

小林節子

二〇一〇年六月

■引用文献

『悪魔の日本軍医』石田新作著　山手書房　1982年
『悪魔の飽食』森村誠一著　光文社　1981年
『ある日本兵の二つの戦場』内海愛子・石田米子・加藤修弘編　社会評論社　2005年
『あるB・C級戦犯の戦後史』富永正三著　水曜社　1996年
『帰ってきた戦犯たちの後半生』中国帰還者連絡会編　新風書房　1995年
『覚醒・日本戦犯改造の記録』中国帰還者連絡会編訳　新風書房　1995年
『消せない記憶・元軍医の告白』吉開那津子著　日中出版　1981年
『黄土の村の性暴力』石田米子・内田知行編　創土社　2004年
『山西独立戦記』城野宏著　雷華社　1967年
『15年戦争中の日本軍の軍陣での「生体解剖・生体実験」』莇昭三論文『15年戦争と日本の医学医療研究会誌』第6巻第1号　2006年
『侵略—従軍兵士の証言』中国帰還者連絡会編　日本青年出版社　1970年
『侵略・中国における日本戦犯の告白』中国帰還者連絡会編　新読書社1958年
『証言・生体解剖——旧日本軍の戦争犯罪』中国中央档案館・中国第二歴史档案館・吉林省社会科学院編　江田憲治・小嶋俊郎・古川万太郎訳　同文舘　1991年
『戦争と医療　医師たちの15年戦争』莇昭三著　かもがわ出版　2000年
『太平洋戦争史6　サンフランシスコ講和』歴史学研究会編　青木書店1973年
『中国現代史』岩村三千夫・野原四郎著　岩波新書　1864年
『731部隊の犯罪』韓暁著　山辺悠喜子訳　三一新書　1993年
『日本軍の捕虜観』山田朗論文『日中戦争下中国における日本人の反戦活動』藤原彰・姫田光義編著　青木書店　1973年
『日本軍占領下の中国山西省における鉄道建設と鉄道経営』内田知行著　『鉄道史学』21号
『日本軍の捕虜政策』内海愛子著　青木書店　2005年
『日本史年表』歴史学研究会編　岩波書店　1993年

『日本人反戦兵士の日中戦争』菊池一隆著　御茶の水書房　２００３年
『八路軍の日本兵たち』香川孝士・前田光繁著　サイマル出版会　１９８４年
『北支の治安戦Ⅰ、Ⅱ』防衛庁防衛研修所戦史室編　朝雲新聞社　１９６８年
『季刊・中帰連』中帰連編集部　１９９７年

■中国語文献

『覚醒・日本戦犯改造紀實』中国公安部政治部、撫順戦犯管理所、山西人民政府資料提供　羣衆出版社　１９９１年
『偵訊日本戦犯紀實（太原）「太原日本籍戦犯管理所を追想する」』王振東論文　山辺悠喜子訳　山西省人民検察院編　新華出版社　１９９５年

■参考文献

『加害の精神構造と戦争責任』池田恵理子・大越愛子著　緑風出版　２０００年
『華北戦記』桑島節郎著　図書出版社　１９７８年
『軍事警察・続・現代史資料６』みすず書房　１９８２年
『三光　日本人の中国における戦争犯罪の告白』神吉晴夫編　光文社　１９５７年
『十五年戦争史論』岡部牧夫著　青木書店　１９９９年
『侵略の証言』新井利男・藤原彰編　岩波書店　１９９９年
『戦争と罪責』野田正彰著　岩波書店　１９９８年
『太平洋戦争』家永三郎著　岩波書店　１９８６年
『中国革命・叢書現代のアジア・アフリカ５』藤村俊郎著　三省堂　１９７１年
『中国抗日戦争史』石島紀之著　青木書店　１９８４年
『中国山西省における日本軍の毒ガス戦』粟屋憲太郎著　大月書店　２００２年
『中国の革命・農民のたたかいの歴史』石田米子著　評論社　１９７４年
『中国撫順戦犯管理所職員の証言』新井利男資料保存会編　梨の木舎　２００３年
『日中戦争』臼井勝美著　中公新書　１９６７年
『もうひとつの三光作戦』陳平・姫田光義著　青木書店　１９８９年

［著者略歴］
小林節子　こばやし せつこ
1939年　東京生まれ
2008年　東京経済大学21世紀教養プログラム卒業
撫順の奇蹟を受け継ぐ会会員。何知会会員

著書
『撫順の空に還った三尾さん』（杉並けやき出版　1999年）

教科書に書かれなかった戦争 PART56
次世代に語りつぐ生体解剖の記憶——元軍医湯浅謙さんの戦後

2010年７月20日　初版発行
著　者　小林節子
装　丁　宮部浩司
発行者　羽田ゆみ子
発行所　梨の木舎
〒101-0051　東京都千代田区神田神保町1-42
TEL 03(3291)8229
FAX 03(3291)8090
eメール　nashinoki-sha@jca.apc.org
http://www.jca.apc.org/nashinoki-sha/
ＤＴＰ　石山和雄
印刷所　株式会社 厚徳社

韓流がつたえる現代韓国
――『初恋』からノ・ムヒョンの死まで

イ・ヨンチェ著

A5判/192頁/定価1700円＋税

韓流ドラマ・映画を入り口に韓国現代を学ぶ。韓国ドラマの中にはその時代の社会像とその時代を生きた個人の価値観や人間像がリアルに描かれている。植民地・分断・反共・民主化、そして格差をキーワードに織り込みながら、民主化世代の著者が語る。民主化の象徴であるノ・ムヒョン前大統領の死を韓国の国民はどううけとめたか。

978-4-8166-1001-1

中国撫順戦犯管理所職員の証言
――写真家新井利男の遺した仕事

新井利男資料保存会編

A5判/480頁/定価3500円＋税

一人の死者も出してはいけない。殴ってはいけない。ののしってはいけない。肉親を殺された憎しみを背負いながら戦犯に最高の処遇をした中国人の論理。新井利男の執念の仕事。

4-8166-0206-2

「満蒙開拓青少年義勇軍」の子供たち――先生、忘れないで！

陳野守正著　A5判/236頁/定価2000円＋税

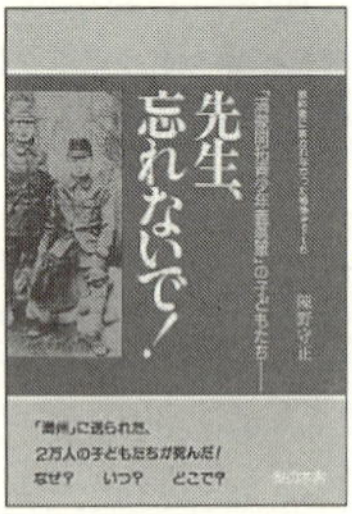

●目次　1なぜ義勇軍に参加したか　2子どもたちが満州でたどった道　3子どもたちはどのようにして死んだか　4「義勇軍」とは何だったのか　5義勇軍募集はどう進められたか　6先生たちはどう関わったか　7「先生は今どう考えていますか？」「国定化」されつつある教師たちへ

満蒙開拓青少年義勇軍には、８万6000人の子どもたちが送られ、２万人が死んだ。送出には教師たちが関わっていた。教育史上の重大問題を追う。４刷

4-8166-9408-0

セーフ・コミュニティに暮らしたい
―安心なまちづくりを目指す十和田市民ボランティアのこころみ―

山田典子著

A5判/128頁/定価1500円＋税

●目次　Ⅰセーフ・コミュニティとは何か　Ⅱ私たちのまちは安全でしょうか　Ⅲワーキンググループをつくって活動しよう　Ⅳ十和田市の政策・施策・実践　Ⅴセーフ・コミュニティ活動に取り組んで変わったこと

市民は、セーフコミュニティ（世界保健機関が安心安全のまちとして認定）づくりのためにどう関わったか？　提案から認証までの記録。

978-4-8166-1004-2